La vie dissimulée

Éditions Eyrolles
61, bd Saint-Germain
75240 Paris Cedex 05
www.editions-eyrolles.com

Collection « Aparté »

ISBN : 978-2-416-00149-9
Composé par Soft Office

Marinca Villanova

La vie dissimulée

Roman

Eyrolles

À Clara et Lucie

Partie I

Les retrouvailles

1

Mon père a mon numéro de voiture, il doit m'attendre sur le quai. Je le retrouverai devant l'accueil face à la voie M si nous ne nous reconnaissons pas. À treize ans, je voyage seule pour la première fois, je ne vais jamais nulle part. J'ai gardé ma valise entre mes jambes serrées sans même sortir mon pique-nique; le contrôleur annonce Nice, mon dos moite colle au tee-shirt. Il faut descendre. Étienne, lui, n'a pas eu envie de m'accompagner. « Un type qui n'a pas donné de ses nouvelles pendant six ans, tu t'attends à quoi ? » a-t-il ricané au téléphone. « C'est un con. Tu fais comme tu veux, mais je trouve ça injuste pour maman » a-t-il ajouté. En raccrochant avec mon frère, j'ai senti une colère immense m'envahir, la rage me prendre au ventre; une autorisation à monter dans le train en fin de compte. J'ai l'impression d'aller seule à la guerre, ou en vacances, tout est confus. J'essaie de reconstituer mentalement le visage de mon père, de me souvenir de ses expressions, de ses gestes. C'est flou. Il a immédiatement été d'accord pour me recevoir, paraît-il. Cette vision de lui au téléphone, saisi par l'émotion lorsqu'une voix inconnue lui annonce « Votre fille souhaiterait vous revoir », me terrifie et m'inonde de plaisir. Est-ce que mon père a bafouillé ? A-t-il essayé de justifier son absence ? M'a-t-il oubliée ? Je sais juste qu'il a été mis au courant de l'état de maman.

Quelques personnes passent devant moi, il y a du monde partout, je me retrouve entraînée hors du wagon. L'air étouffant m'assaille et la luminosité me fait cligner des yeux. Une femme déplie une poussette, une valise à roulettes nous double, un couple s'embrasse et me bouscule par inadvertance. Je rougis, où est-il ? M'a-t-il remarquée ? Je suis la seule adolescente à ne pas être accompagnée. La dernière fois que nous nous sommes vus, je sortais de l'école, il portait mon cartable et me tenait par la main. Puis il a disparu juste avant la boulangerie. Ça, je me le rappelle. Je me lance dans le flot des voyageurs.

Cet homme seul qui attend, ce pourrait être lui. J'évite de croiser son regard pour l'observer discrètement. Je serais incapable d'imaginer à quoi il pense, rien ne transparaît. J'entraperçois des yeux très beaux, un vert d'eau ou un bleu, je n'ai pas le temps d'en définir la couleur précisément. Je ne me souviens pas que mon père ait ces yeux-là, les miens sont d'un marron banal. Ces cheveux gris me font également douter, le père de ma mémoire les a d'un noir profond. Je reste pourtant en alerte, mais l'homme ne me regarde pas et semble chercher quelqu'un d'autre. Il est sans réaction lorsque je le dépasse. Il ne m'a pas reconnue, ni choisie comme pouvant être sa fille parmi les voyageurs. Je continue d'avancer sur le quai, sans modifier mon rythme ni me retourner, une pointe d'amertume s'immisce entre mes omoplates. Je crois pourtant l'avoir identifié, moi.

Je m'installe avec résignation face à la voie M, à côté d'une vieille dame ; mon père pensera que nous sommes ensemble. Il n'y aurait finalement personne à attendre et pas de retrouvailles. Je ne serais jamais arrivée. Est-ce que je peux courir jusqu'au guichet demander les horaires du train qui repart à Lille ? Je pense à maman toute seule dans sa chambre d'hôpital, vêtue d'une chemise de nuit propre, ses cheveux attachés, le sommeil régulé par des cachets plus forts que sa mélancolie. Des infirmières passent relever sa tension, lui recommandent de se laver aujourd'hui, sinon quelqu'un viendra faire sa toilette. Ma grand-mère de substitution me délaisse pour accueillir un grand garçon dans ses bras, ils s'éloignent, enlacés. J'ai l'impression d'être un rebut aux objets trouvés.

Je ne me suis pas trompée, l'homme de tout à l'heure progresse vers moi. Il porte une chemise à manches courtes, une sacoche en bandoulière, un bermuda et des chaussures fermées malgré la chaleur. Je n'ose pas lever les yeux vers lui.

— Nina ?

Je tressaille en l'entendant me nommer. « Nina. » Il prononce mon prénom d'une voix qui me surprend, celle d'une personne que je ne connais pas. Je relève la tête sans presque voir mon père, il est très près de moi. Nous nous embrassons machinalement, furtivement ; nous avons esquivé tous deux la sensation de ce contact.

— Tu as fait bon voyage ?

— Ça va, dis-je, le cœur battant, alors que l'image de maman devient minuscule et m'abandonne.

Nous traversons la gare en sens inverse pour gagner une sortie sur le côté. Probablement, vues du ciel, nos silhouettes muettes avancent lentement l'une à côté de l'autre, telles deux lignes parallèles qui chercheraient à respecter le tracé sur une feuille de papier. Jamais elles ne se croiseraient. À l'intérieur mes poumons se rétrécissent, une pression contracte ma poitrine ; le brouhaha me paraît soudain insupportable. Quelqu'un aurait monté au maximum le volume sonore des annonces SNCF, des pas qui courent, des portables qui sonnent, des embrassades. Mon père s'arrête pour prendre ma valise, j'ignore s'il pourrait partir avec en courant et me laisser perdue au milieu de la foule. La chaleur m'écrase. Je ne comprends rien. C'est lui sans être lui.

Nous ne parlons plus jusqu'à la voiture, un engin haut sur roues dont le toit est constitué d'une bâche noire épaisse. L'ensemble paraît bricolé ; la porte du coffre, dans lequel mon père glisse ma valise, semble d'une teinte différente du reste. Il ouvre la portière, une odeur de plastique chaud, de poussière et de fraises parvient jusqu'à moi. Un sac de fruits cuit au soleil, mon père peste en le saisissant. De vieux dossiers décolorés et une bouteille vide encombrent le siège où je dois m'asseoir, un ou deux mégots traînent au sol. Il me dégage une place en débarrassant le tout sur la banquette arrière. Même la voiture n'est plus celle d'avant, je l'aurais reconnue.

Ma ceinture de sécurité est bloquée, je transpire d'embarras sans réussir à l'enclencher.

— C'est coincé, dis-je au bout d'un moment.

Mon père essaie à son tour ; surprise par l'effleurement de cette main étrangère, calleuse et sèche, je retire vivement la mienne. Je réalise que depuis mes sept ans, je ne suis montée dans aucun autre véhicule que le sien. Ma ceinture bouclée, il me demande de nouveau :

— Tu as fait bon voyage ?

J'acquiesce d'un signe de la tête, la gorge nouée, les larmes aux yeux. J'ai peur qu'il me pose de nouveau cette question dans cinq minutes, sans avoir vraiment écouté la réponse ; mon père est là et pourtant je me sens seule. Je m'appuie vigoureusement contre le dossier du siège pour sentir l'armature résister à la pression exercée par mon dos. J'ai l'impression d'être la spectatrice d'une scène ratée. Mon partenaire serait un mauvais acteur, il ne se comporterait pas comme le père normal, celui prévu dans le scénario. Un sentiment de familiarité immédiat, une tendresse qui transparaîtrait malgré la maladresse des mots, des bras accueillants ; voilà ce qui aurait été écrit au sujet de ces retrouvailles. Un apaisement.

Mon père prend un temps infini pour manipuler le levier de vitesse quand le feu passe au vert, pour s'engager dans un virage ou même freiner. Ses gestes semblent constamment en retard par rapport au rythme de tout le monde. Je pense à mon professeur de mathématiques qui, le lundi à huit heures du matin, nous demande si nous allons « rester à deux de tension ». Des conducteurs irrités nous klaxonnent, il n'y prête aucune attention. Nous quittons la ville.

Après un trajet silencieux, un virage en côte dévoile le panorama. Mon père stoppe la voiture sans couper le moteur, sort, laisse la portière ouverte. Les collines, la mer au loin, il admire la vue quelques instants. Je ne bouge pas de ma place, tapie contre mon siège, telle une bête aux aguets.

Nous arrivons dans un quartier excentré, où les pavillons espacés les uns des autres possèdent tous une terrasse ombragée, une table et des fauteuils en plastique, des portiques avec des jeux d'enfants.

— Tu vas rencontrer mon amie Thérèse. C'est une dame très gentille.

Nous nous garons devant une maison de taille moyenne, sans charme particulier. Un jardin en pente se déploie à l'arrière. Tout est calme.

En entrant, je retrouve d'emblée les meubles de mamie Do, une émotion me saisit violemment ; quelque chose est réveillé et tué dans le même temps. La table en chêne sur laquelle je buvais mon chocolat chaud petite, cette belle commode dont le dernier tiroir contenait nos jeux de société, l'écritoire du bout du couloir transmis depuis plusieurs générations. J'y ai rédigé des cartes postales à mes parents, je me sentais une grande personne chargée d'une correspondance importante. Ces objets, dérobés à mon histoire, détonnent dans ces lieux investis par d'autres. J'assiste impuissante à cette grande trahison des adultes.

Les pièces sont décorées de paysages maritimes, un filet de pêche est accroché au-dessus du canapé en cuir. Des objets fabriqués par une main habile donnent vie à l'espace : un porte-clés mural en bois, un aquarium transformé en cadre photo, une boule à neige renfermant un sapin en fil de fer dont les branches forment le prénom de chacune des personnes ayant habité ici. Je n'y figure pas.

— Ça te plaît ? demande Thérèse.

Une brune aux cheveux attachés en queue-de-cheval arrive brusquement, elle était au jardin et n'avait pas entendu la voiture. Où est passé mon père ? Thérèse m'embrasse, s'inquiète de savoir si j'ai faim ou soif, l'accent chantant, le sourire franc. Elle s'adresse à moi gentiment, mais je n'aime pas qu'elle m'appelle « ma chérie » en caressant mes cheveux. Sa jupe courte révèle des jambes musclées, son front est marqué, ainsi que ses mains ; un mélange de souffrance et de joie se dégage d'elle. Elle glisse son bras sous le mien en riant :

— Je te fais visiter ? Tu sais, j'ai l'habitude des filles !

Un chaton noir et blanc miaule à ses pieds, Thérèse le prend tendrement dans ses bras ; sous ses caresses la boule de poils ronronne.

— Il est mignon, dis-je.

Thérèse s'approche pour que je puisse le cajoler à mon tour, le chaton vient renifler mes paumes de main.

— C'est un rescapé qu'on a accueilli, il a passé le début de sa vie enfermé dans un placard ! s'offusque-t-elle d'un ton courroucé.

Le chaton escalade mon bras, monte sur mon épaule, je pousse un petit cri de surprise alors qu'il s'emmêle les griffes dans le filet de pêche pour jouer.

Thérèse s'étonne que je n'aie pas de portable mais n'insiste pas, m'indique le téléphone fixe du salon. Maman décroche au bout de plusieurs sonneries, je chuchote presque, ce serait insupportable que quelqu'un surprenne nos échanges. Maman me semble loin, en sécurité, pourtant je n'éprouve aucun soulagement. « Je me repose », « On s'occupe de moi », « Je vais mieux ». Elle répond à mes sollicitations d'une voix éteinte et mal assurée qui me serre le cœur, j'aurais presque préféré qu'elle soit endormie et rate mon appel. Cette pensée me fait rougir. Est-ce raisonnable de l'avoir laissée ? J'ai peur que maman m'en veuille. Je lui raconte brièvement le voyage et mon arrivée, dissimulant mon anxiété d'être là ; je ne saurais pas avec qui partager cela. De toute façon, maman ne m'a posé aucune question sur mon père.

Au moment du dîner, il réapparaît. Seule Thérèse anime la discussion, s'intéresse à moi. Comment se passe mon année de cinquième ? Quelles sont mes activités préférées ? Est-ce que j'ai une photo de mon frère ? Pendant ce temps mon père arrose largement d'huile d'olive sa salade, c'est tout. Thérèse ne semble pas étonnée de son absence de curiosité à mon égard. Et si Étienne avait raison ? Je me contente de réponses concises, ayant hâte de m'isoler. « Désolée pour la santé de ta maman » dit-elle gravement en apportant le plat. Face à mon silence embarrassé, les questions se tarissent.

Il me serait impossible de dessiner mentalement le visage de mon père, je ne l'ai toujours pas regardé dans les yeux. Autour de cette table de famille, assis l'un à côté de l'autre, nous nous taisons. Au collège, je n'ai confié à personne où j'allais. « Mon-pè-re », impossible à prononcer, l'impression que quelqu'un d'autre parle à ma place. Le repas est copieux, et très vite je n'ai plus faim. Au dessert, Thérèse sort le champagne, me tend la moitié d'une coupe ; j'hésite, c'est la première fois que je bois de l'alcool. Elle trinque « à ce beau jour ».

Je ferme la porte de la pièce dans laquelle je vais dormir pendant une semaine, pose ma valise devant l'armoire, quelques étagères ont été débarrassées pour que j'installe mes affaires. Épuisée, je me laisse tomber lourdement sur le lit. Les draps fleuris exhalent une odeur forte de lessive. Aucune lumière ne vient percer les volets ; chez moi je suis habituée au halo jaune du lampadaire, comme celui d'un phare. Je me sens minuscule au centre du matelas à deux places. Ma chambre est celle d'une des filles de Thérèse, maintenant mariée et mère d'un enfant. Je n'imagine pas un jour vouloir une telle chose. Essayant de refouler les idées noires, jambes recroquevillées contre mon ventre, j'attends que le sommeil me délivre. Je fais lentement glisser avec deux doigts mon doudou de dessous l'oreiller, une taie d'oreiller usée que je cale en boule entre mon cou et mon visage. La consistance du tissu, lustré par le temps, et l'odeur de la maison me rassérènent. Demain, il sentira déjà un peu d'ici et aura perdu une partie de son pouvoir.

2

Le son lancinant d'une tondeuse à gazon vient me tirer de mon sommeil. Pendant quelques instants, j'éprouve une sensation étrange ; je ne reconnais ni le silence de notre appartement, ni les bruits de la rue. Subitement, en prenant conscience de l'endroit où je me trouve, maman me manque. J'ai l'impression d'avoir un trou dans l'estomac.

Ma montre indique dix heures. J'ouvre la fenêtre, des senteurs d'herbe coupée envahissent la pièce, ce n'est pas désagréable. Mais j'ai peur de sortir de ma chambre, de dire bonjour à mon père.

Thérèse m'accueille à la cuisine avec un grand sourire :

— Tu prends un café au lait ou un chocolat le matin ?

Elle ouvre les placards un à un, ils regorgent de nourriture, je détourne le regard, mal à l'aise de cette abondance. Triomphante, Thérèse pose sur la table un fond de paquet de cacao. Je jette un œil par la porte entrouverte, une voisine tond sa pelouse ; je m'attendais à voir mon père.

Le chaton dévore quelques croquettes puis détale en direction du jardin. Pendant que je tartine mon pain de confiture, Thérèse, appuyée contre le plan de travail, se ressert un café.

— Tu lui as manqué à ton père pendant toutes ces années.

Je pique du nez, gênée, sur mes gardes.

— C'est un homme pas très expressif, mais je ne connais pas plus gentil que lui, ajoute-t-elle.

Et puis plus rien. Elle parle de tout autre chose, d'un printemps particulièrement chaud cette année, de la beauté de la région, de la période « idéale aujourd'hui pour visiter ».

Mon père et moi embarquons dans l'engin haut sur roues, cette fois-ci j'ai compris comment boucler ma ceinture, il faut forcer, d'un coup sec. Sur le pas de la porte, Thérèse nous salue d'un signe de la main, n'aurait-elle pas mieux fait de nous accompagner pour cette première journée ? Je suis comme une actrice qui monte sur scène. J'ai le trac.

Nous semblons en état d'apesanteur, la voiture roule avec une lenteur désespérante par rapport aux autres. Mon père conduit en fumant la fenêtre ouverte, le trajet est ponctué de véhicules qui nous doublent. Il admire le paysage et ralentit d'autant plus, ce qui m'exaspère. Nos yeux parcourent les mêmes collines rocheuses, les mêmes parois escarpées dont les cavités, creusées par l'acharnement du vent et de la pluie, dégagent brutalement la mer à perte de vue. Mais je n'arrive pas à en profiter. Est-il content que nous passions la journée ensemble ? Je l'espère. Moi, j'ai la sensation de ressembler à tout le monde ; j'ai un père, bien que nous ne sachions pas quoi nous dire.

— Tu n'avais pas une autre voiture, avant, quand on était petits Étienne et moi ?

Mon père se raidit ; ses deux fortes mains s'agrippent au volant, sa tête fait un léger mouvement en arrière comme celle d'un pigeon dont la gorge enfle au rythme de sa respiration, juste avant de s'envoler :

— Je l'ai achetée avant d'arriver dans la région.

— C'était il y a longtemps ?

Mon père hoche juste la tête. Le son du moteur occupe l'espace. Je me recule contre le dossier du siège et me laisse contenir par son maintien solide. La voiture avale la route, tranquillement, alors que je voudrais voir défiler les kilomètres en accéléré.

Le panneau indique Saint-Tropez, je n'y suis évidemment jamais allée. J'imagine ce lieu comme celui de stars en vacances, d'actrices bronzées à la vie excitante, l'amour, la drogue, les interviews des journalistes. Rien à voir avec nous. Mal à l'aise, je reste à côté du véhicule pendant que mon père prend un ticket au parcmètre. Je peux enfin l'observer sans qu'il s'en aperçoive. Au niveau de sa tête, une mèche grise plus longue a été rabattue à l'arrière, dissimulant à peine sa calvitie. Autrefois, ses cheveux étaient épais je crois. Sa peau est brunie par le grand air du Sud, des rides peu nombreuses mais profondes marquent son front, participent à l'effondrement de son visage. Il a mis sa sacoche usée en bandoulière, à chaque mouvement elle remonte son short de façon absurde d'un côté ; sous sa chemisette repassée dont il a oublié de fermer un bouton, on aperçoit un peu de chair molle. Est-ce ma compagnie qui provoque ce demi-sourire ? Est-il ainsi habituellement ? Ses bras semblent encore solides, il avance en les tenant légèrement écartés, comme encombré de ses deux membres, la démarche pataude, traînante. Ses jambes paraissent grêles en comparaison du haut du corps, et je me demande comment elles peuvent remplir leur mission de porter cet édifice instable, abandonné à lui-même.

Des cars sont garés un peu plus loin, les groupes de touristes affluent d'un seul coup. Nous pénétrons dans le centre, ses ruelles imposent leur propre rythme de circulation. Des groupes avancent à la queue leu leu, précédés d'un guide tenant une ombrelle, des marchands de glace s'agglutinent, ou encore des confiseurs, boutiques de souvenirs à tous les prix, chapeaux d'été identiques ici et là, en un long cortège agité et lent. Bruyant. J'aimerais acheter un bijou mais n'ai pas d'argent ; j'imagine ce bracelet en vitrine au poignet de maman. Ce serait beau. Je ne demande rien, pourtant je me doute que mon père ne pensera pas à m'offrir un cadeau.

Midi, la température ne cesse de monter. Tout m'est inconfortable. J'espère au moins rentrer chez moi avec une acné asséchée par le soleil, et une teinte dorée plus flatteuse pour mon visage, mon décolleté maigre, mes bras en cotons-tiges, mes mollets sans assurance et mes genoux cagneux. Ici, les filles ont une silhouette plus séduisante que la mienne, leur bouche est colorée, leurs épaules sont offertes. J'ai chaud. Quelques regards s'arrêtent sur nous, puis de nouveau, plus insistants ; je crois que tout le monde nous regarde. Un petit garçon nous désigne du doigt, mon père s'arrête et fait un demi-tour sur lui-même. Un homme affublé d'une perruque et d'un nez rouge se tient juste derrière nous. Le clown se retourne en miroir, les bras écartés comme mon père qui pousse alors un « Oh ! » de surprise, repris aussitôt par son double :

— Oh !

Piqué, mon père se détourne, l'homme aussi, affichant un air niais, caricaturant de plus belle son allure chaloupée. Hébétée, je regarde une femme et des enfants s'esclaffer, alors que les épaules de mon père, ce pantin ridicule, s'affaissent un peu plus. Je recule automatiquement de quelques pas, honteuse, une boule se forme dans ma gorge et m'empêche de respirer. À moins que ça ne soit pour éviter de pleurer. Quelques rides se plissent autour des yeux de mon père, maintenant qu'il est devenu l'attraction du spectacle, il sourit, maladroit. Puis le clown nous serre la main, « sans rancune » semble-t-il signifier ; imitant une dernière fois cette dégaine qui amuse son public, le voici derrière une jolie touriste qu'il fait mine de séduire. Je me sais encore toute rouge, pourtant personne ne prête plus attention à nous, les gens se sont dispersés. Mon père vérifie d'un mouvement de tête que je suis toujours là, je me rapproche. Je voudrais revenir à la voiture, ne pas ressentir cette pitié douloureuse qui continue de faire battre mon cœur. Une humiliation cuisante envahit ma colonne vertébrale et paralyse chacun de mes mouvements jusqu'à ce que nous disparaissions au coin de la rue. Est-ce que je suis comme lui ? Est-ce que ça se voit que je suis sa fille ? Mon père a repris son rythme de vieux cheval en route pour l'écurie, un demi-sourire fige son visage ; et déjà, il est reparti dans son monde. L'a-t-il seulement quitté ? Mon père n'a pas l'air affecté ; je détourne mon regard avec colère, presque avec haine.

Nous pique-niquerons, trouverons un bord de route, une jolie vue. C'est le programme annoncé par Thérèse ce matin. Nous entrons dans une supérette pour nous ravitailler, le bourdonnement des vitrines circule entre mes tempes. Leur son entêtant m'est familier, on dirait celui de chez Bernier, l'épicier du quartier lorsque j'étais petite. Je revois sa façade grise, sa large vitrine, la caisse occupait l'espace tout de suite à gauche à l'entrée, et la blouse de Bernier était assortie à la devanture. Mon père et moi avions été les premiers à y faire des courses, nous venions juste d'emménager dans notre appartement. La veille, nous avions choisi avec maman mon cartable pour la grande école ; depuis, il ne quittait plus mes épaules. Nous avions acheté de quoi préparer un repas à l'épicerie, mon père avait accepté de ranger tous les articles dans mon cartable, et

Bernier – qu'instinctivement je n'aimais pas – ne s'était permis aucune remarque. Mon père ne s'était pas aperçu que je convoitais les colliers de sucre multicolores, ceux mis en évidence devant la caisse. Je n'avais pas osé réclamer, mais en sortant de l'épicerie je lui avais confié le souhait d'en posséder un. Il était retourné immédiatement me ramener l'objet désiré. J'avais l'impression que parfois mon père m'obéissait, et qu'il pourrait potentiellement combler toutes mes attentes. Sur le chemin du retour, il était dans ses pensées, j'avais pris sa main pour nous faire traverser. Je dirigeais un empire, une force aveugle et docile. Je me sentais puissante. Une fois passé le seuil de la maison, j'avais dissimulé mon cadeau sous le col de ma veste.

Dans cette supérette, ma respiration s'apaise, ma vigilance retombe d'un coup. Nous sommes les seuls clients. Rien ne semble pénétrer cette bulle climatisée, et la musique orientale qui s'échappe du haut-parleur abolit le temps. Nous prenons un sandwich pour chacun, de l'eau pétillante et des fruits. Je jette un œil en caisse, elle regorge de paquets de chewing-gum, sucettes, barres chocolatées. Hors du magasin, la tension réapparaît à son niveau initial. Nous marchons côte à côte dans les ruelles, comme deux robots en sortie.

Devant moi, des étudiants étrangers s'aspergent la nuque et les cheveux avec leur bouteille d'eau, comme par une chaude journée d'été. À mes côtés, un homme porte sur ses épaules un jeune enfant qui semble ravi, les deux mains larges enserrent fermement les petites jambes potelées. Ça doit être bien de visiter la ville de là-haut. Voilà ce qui pourrait arriver : « Pan ! » Une balle perdue siffle à nos oreilles et l'homme s'écroule, autour de nous les gens crient et bientôt plus personne n'entoure le corps au sol. Pas même l'enfant. Le soleil cogne sur les pavés. Un filet de sang s'écoule de la tête du cadavre et forme une flaque rouge foncé. Le silence s'empare de l'espace. Et la musique commence, les violons, bientôt suivis du piano en cascade.

Treize heures trente. Nous arrivons à la voiture en nage. Mon père pousse de nouveau un « Oh ! », comme tout à l'heure avec le clown. Un PV est accroché à l'essuie-glace. Il a bien mis son ticket de stationnement mais à un quart d'heure près, trop tard, pas de chance. Mon père recoiffe sa mèche grise sur l'arrière, soupire avec résignation en fourrant l'amende dans sa sacoche. Une pression douloureuse étreint mes poumons, j'aurais dû surveiller l'heure. J'ai eu raison de ne pas montrer le bracelet en vitrine qui me tentait.

Le lieu est aride, la vue dégagée. Nous nous asseyons face au paysage. Le soleil cogne sur sa casquette de capitaine, mon bob en coton ne protège pas ma nuque, on ne tiendra pas longtemps.

— Ça ressemble au Maroc, lâche-t-il de cette voix étrangère.

— Tu es déjà allé là-bas ? dis-je, presque surprise de l'entendre parler.

Il se contente d'un signe de tête affirmatif, sans déroger à ce demi-sourire constant qui occupe son visage inanimé. J'hésite à le solliciter davantage ; lui ne me pose aucune question, ayant juste écouté je crois, lorsque Thérèse m'a demandé hier si j'aimais bien mon collège ou pratiquais un sport. Je grignote la moitié du sandwich, la chaleur de la voiture m'a donné envie de vomir et bloque tout appétit. Nous sommes presque en altitude sur ces collines. J'observe les herbes fragiles, jaunies par endroits, et qui sont parvenues à pousser dans cette terre sèche et pierreuse. D'une main, mon père termine les fruits juteux agglutinés au fond du sachet, comme le ferait la patte d'un ours gourmand qui se régalerait de miel. Puis il lance au loin avec agilité un noyau d'abricot, un second ; on dirait maintenant un petit garçon s'entraînant à former des ricochets à la surface de l'eau. Le haut du corps redevient souple, vivant, alors que le bas demeure terne et ramassé sur lui-même. Je mange un abricot à mon tour, en récupère le noyau. Mon père réussit un lancer beaucoup plus loin que le précédent. J'aurais envie qu'il continue, mais il s'arrête. Je voudrais chasser l'anxiété qui apparaît en sa présence, être indifférente à cet espoir qui refait surface, cette attente qu'il se passe quelque chose entre nous. Quoi ? Nous montons dans la voiture. Mon père démarre, je jette par la fenêtre mon noyau d'abricot.

3

À dix-huit ans, sublime en espadrilles et short, la peau dorée toute l'année, même accent chantant que sa mère, Léa déambule comme un objet précieux, capte l'atmosphère avec aisance. Jamais je ne saurais faire ça. Les trois filles de Thérèse ne vivent plus à la maison ; Léa, la plus jeune, dîne avec nous ce soir et dormira ici.

— Il est où mon bébé chat ? demande Léa à la cantonade.

— Il est à toi ? dis-je, surprise.

— On l'a en garde alternée avec maman, répond Léa en cherchant son chaton dans le jardin.

Thérèse appelle mon père dans la cuisine, présente un gros pot d'olives dont le couvercle résiste. Il l'ouvre d'un tour de main, sa compagne le gratifie d'un sourire alors qu'il se dirige vers la chambre de Léa. Il faut mettre le lit à la place de l'armoire et l'armoire près de la porte, car depuis qu'elle a emporté sa petite commode dans sa colocation, « l'équilibre ne va plus ». Tel un géant inoffensif, il soulève et déplace les meubles aussi facilement qu'un copier-coller sur son ordinateur. Je suis surprise de cette vigueur que masque son corps appesanti. Léa le remercie, mon père secoue la tête de droite à gauche, « ce n'est rien » semble-t-il signifier. Moi, je ne vois pas quoi lui demander.

Mon père sort le barbecue à roulettes du garage, traverse le jardin, ses gestes sont automatiques, sans vie. Thérèse virevolte de la cuisine au jardin. L'air du début de soirée est moins étouffant, maintenant j'ai faim. Mon père semble satisfait de la cuisson parfaite des grillades qu'il vient de réaliser au barbecue, le tout largement arrosé d'herbes de Provence. Il s'apprête à dîner torse nu. S'apercevant de cette familiarité qui m'embarrasse, Thérèse lui demande d'aller se couvrir « pour être correct devant ta fille ». Il s'exécute sans résistance, n'y avait pas pensé et la remercie. Il revient avec une chemise fermée à la hâte et son demi-sourire insupportable. Je l'observe de nouveau, déçue. Trahie. Je ne sais pas où est passé le père d'avant. Nous nous installons à table dans le jardin.

Léa évoque avec sa mère des youtubeurs que je ne connais pas, des amis qu'elle critique ou admire, une application cuisine à télécharger. Elle fait aussi des allusions sexuelles auxquelles Thérèse répond par un relevé de menton entendu, alors que mon père reste sourd-muet. Du moment qu'on le nourrit et le laisse travailler, il semble accepter avec détachement cette agitation autour de lui. Léa garde une distance cordiale avec mon père, à qui elle épargne le couperet de son jugement ; il lui suffirait pourtant d'un haussement de sourcil pour l'abattre. Elles se sont accoutumées à sa présence à la fois massive et fantomatique. Il ne dérange pas.

Léa pousse un cri, le chaton est en équilibre sur la grille du barbecue et se régale d'un bout de viande resté coincé.

— Descends de là, mon chéri ! implore Thérèse.

Mon père tend le bras et d'une main soulève délicatement le chaton. Léa récupère aussitôt son bébé.

Le dîner terminé, mon père retourne à son bureau. Je vois sa silhouette s'engouffrer dans l'escalier avec empressement, soulagement peut-être ? Le domaine de mon père, un sous-sol encombré entraperçu du haut de l'escalier le jour de mon arrivée. Je n'ai pas compris quel était son métier, il manie des chiffres, vérifie des statistiques, sans collègue et en réunion avec son patron au téléphone. Thérèse, aide ménagère, circule d'une maison à l'autre. Mon père ne prend jamais de vacances, « Il n'aime pas » d'après Thérèse. Exceptionnellement il s'arrête la journée, parce que je suis là.

Vingt et une heures trente. Mon père s'est remis au travail depuis un moment. Une odeur de cigarette s'échappe de son bureau. Je ne sais pas quoi faire. À la fois déstabilisée par le répit que m'offre son absence, je sens pourtant une colère monter en moi, s'emparer de ma poitrine, raidir ma nuque. Mon père ne recherche pas ma présence. Il n'essaie pas de rattraper le temps perdu. Pourquoi avoir accepté de me voir ? J'aurais dû rester à la maison m'occuper de maman.

Thérèse et Léa me proposent de les accompagner en ville, d'aller manger une glace avec elles. Je n'ose pas refuser, mais suis tout aussi gênée d'accepter ; si elles me posent des questions sur maman, il ne faudra pas répondre.

Je me contente d'un cornet simple à la fraise. Thérèse commande un double aux fruits de la passion, Léa choisit un mélange vodka-pamplemousse. Je le perçois à leur ton, à leurs sourires compatissants, encourageants ; dans mes tenues passe-partout du collège, elles me trouvent une allure un peu triste. Rien à voir avec les robes colorées des filles du Sud. Mon tee-shirt « trop large » et mon jean gris ne sont peut-être pas « ce qui pourrait me mettre le plus en valeur ». Je pense à maman avant mon départ, l'imagine dans son peignoir fleuri usé, ses cheveux attachés en chignon lorsqu'elle a oublié le jour du shampoing. Nous dégustons nos glaces, assises sur la corniche face à la mer, et pour la première fois je me détends quelques minutes. Déambulation des promeneurs, petits en trottinette, couples se tenant la main ; les terrasses s'illuminent peu à peu, l'ambiance est douce. J'écoute la mer et me laisse prendre par la régularité de son ressac. On entend les cris de quelques enfants chanceux qui jouent encore à cette heure-ci sur la plage, le sable devenu presque frais, alors que les parents discutent, fument une cigarette ; et déjà la nuit tombe, mauve.

— Nina, tu l'intimides ton père…

Je hausse les épaules sans répondre à Thérèse.

Léa garde enfin le silence. Moi, j'adopte la technique paternelle, je disparais de la circulation. Je me fonds dans le paysage.

Je me couche dans le lit aux draps fleuris, colle mon doudou contre mes narines. Ça ne sent plus comme avant ; l'odeur de la lessive recouvre celle de la maison, qui exhale encore un peu son parfum lorsque je me concentre. À treize ans, j'aurais déjà dû me passer de lui, mais ce serait horrible tout de même qu'il perde de sa saveur.

4

QUELQUES jours plus tard, les remarques sur mes vêtements prennent sens. Pour nous rendre à une fête familiale chez la sœur de Thérèse, à laquelle mon père et moi sommes conviés, Léa s'attelle à la tâche. Elle m'habille d'un ensemble rose pâle ne m'appartenant pas – censé rehausser un début de bronzage – une large ceinture s'agrippe à mes hanches maigrichonnes, une fleur artificielle dans les cheveux fignole le tout. Habillée, maquillée, j'ai l'impression de faire deux ou trois ans de plus. Léa recule de quelques pas pour contempler son œuvre ; Thérèse et une amie – « divorcée qui veut changer de vie » –, venue également se pomponner, s'extasient. J'ai l'air d'une pute. Mon père est sollicité pour admirer sa progéniture.

— Tu peux être fier. Tu as vu ta fille, elle est belle ! s'exclame Thérèse.

Mon père opine du chef, transparent, inconsistant, et cette absence à lui-même m'est autant insupportable que son regard qui me traverse sans me voir. En polo fraîchement repassé, il ne semble pas remarquer qu'il est, lui aussi, costumé. Je nous regarde avec horreur : le père et la fille, deux paumés arrangés au mieux.

Léa et la divorcée filent de leur côté avec la petite voiture rouge de Léa, de toute façon elles ne comptaient pas nous attendre sur la route. Je monte à l'arrière de l'engin, Thérèse n'a pas le permis, mon père conduit. Thérèse n'arrive pas à enclencher sa ceinture de sécurité.

— Tu l'as toujours pas réparée ! lui reproche-t-elle avec ironie, dégageant du bout du pied quelques sacs plastiques qui jonchent le sol.

Thérèse m'adresse un petit sourire pour s'excuser de l'intérieur négligé du véhicule de mon père. Il parvient à boucler la ceinture de Thérèse, elle allume la radio, choisit une station. La musique dansante couvre le bruit du moteur. Nous sommes tous les trois endimanchés, Thérèse dodeline de la tête en rythme, étale de la crème sur ses mains. Mon père a peigné sa mèche de cheveux. J'appréhende cette fête, ces gens que je ne connais pas et les efforts qu'il me faudra certainement produire.

Quelques personnes me sourient, me saluent, se demandent de qui je suis la sœur, ou la fille. Une cousine lointaine ? Puis la nouvelle circule, cet homme taciturne et renfermé a une fille adolescente. Thérèse fait les présentations, je rougis, on m'embrasse et le supplice commence : « Tu n'as pas vu ton père depuis la séparation de tes parents ? », « Il a dû te trouver changée ! ». Mon père est assis à l'ombre d'un arbre, un verre à la main, légèrement en retrait par rapport à l'agitation de cette famille qui n'est ni la sienne, ni la mienne. « Tu lui ressembles », « Tu dois ressembler à ta maman », « Ton papa doit être bien content de t'avoir retrouvée ». Mon père s'est levé pour aller contempler des fleurs à l'autre bout du jardin. « Tu as treize ans ! », « Vous vous êtes au moins écrit ou téléphoné, non ? ». Les sourires de rouge à lèvres sont appuyés, les bouches forment des « Oh » de surprise, on me parle comme à une enfant censée ne s'offusquer de rien. J'ai l'impression d'être nue, soumise à leur curiosité.

J'ignore moi-même pourquoi nous sommes restés sans nouvelles l'un de l'autre pendant aussi longtemps ; je bafouille, transpire. Je ne peux rien expliquer. Je n'ai rien compris.

Je ne suis plus le centre d'attention, le groupe des curieuses s'est dispersé comme des abeilles repartant butiner, à droite, à gauche. J'épie mon père de loin, quelques personnes lui serrent la main au passage. Il ne les retient pas. Je retrouve Léa et l'aide à mettre le couvert avec les femmes, ayant hâte de m'occuper pour tromper mon accablement, ma solitude.

Nous avons été placés en bout de table mon père et moi, personne ne s'est installé en face de lui. Cela aurait été sans doute trop ennuyeux. Devant moi, une grand-mère en fauteuil roulant me dévisage, perplexe. Elle me questionne pour la deuxième fois, afin de savoir si je suis bien la fille de Paulette. À sa troisième tentative, je feins de ne pas l'entendre et fixe mon assiette de poisson que je ne pourrai jamais terminer. Je ne suis pas habituée à manger des plats aussi variés, copieux. Sans doute mon père voudrait-il, lui aussi, rentrer au plus vite ; mais je n'en suis même pas certaine. Nous vidons notre verre les yeux dans le vague, tels deux étrangers qui n'ont rien à partager. À ma gauche, Thérèse rit pour trois, se lève, fait passer les plats. Elle étreint au passage une grand-mère dont nous fêtons je crois l'anniversaire, embrasse avec émotion un bébé, verse un verre de vin aux personnes autour d'elle. Son aisance m'intimide. Je me demande ce qu'elle a pu trouver de séduisant à mon père, s'ils se parlent parfois. Je n'arrive pas davantage à imaginer mes parents ensemble, et ce constat m'emplit de tristesse. Je n'ai plus de souvenirs d'eux se tenant la main, ou manifestant de la tendresse l'un pour l'autre. Pourtant, ça a dû exister.

Le gâteau d'anniversaire de l'aïeule arrive, un genre de pièce montée colorée ; l'assemblée se met à chanter *Happy birthday*. Mon père artificiel sauce son assiette. Tout aurait été plus simple, et moins cruel aujourd'hui, s'il était mort dans l'accident de voiture imaginé enfant. Une disparition franche, nette. Étienne, maman et moi ; nous aurions tous été en deuil. Aux questions que l'on me poserait, il me serait légitime de répondre : « Mon père est mort. »

Partie II
La déchirure

5

Nous sommes dans la chambre quand retentit le cri, presque inhumain. On ne sait pas d'où il provient, il fend l'air et vient nous saisir. Il se tient entre la plainte déchirante et la joie bruyante. Sous le coup de la surprise avec Étienne nous choisissons d'en rire. Mon frère non plus ne comprend rien. D'un côté maman monte dans une ambulance l'épaule meurtrie, de l'autre papa part en courant sans un mot.

— Papa ! dis-je.

Il tourne le coin de la rue et je reste le regard fixé sur le morceau de trottoir où son dos large et puissant a disparu. Il ne s'est pas retourné. Je vois la main de maman s'agiter, puis une mèche de ses longs cheveux clairs dépasser de la fenêtre, comme un tentacule s'attardant pour un dernier adieu. En quelques secondes, terminé.

Nous sentons que c'est grave, alors personne ne pleure. Maman a dit de fermer à clé la porte de la maison, de prendre chacun notre skateboard et de foncer chez Annie et Pierre, les meilleurs amis des parents. « Pourvu qu'ils soient chez eux ! » J'ai envie de faire pipi, mais Étienne me répond qu'il fallait y aller avant ! Je ne proteste pas. Mon frère a toujours raison, il a trois ans de plus que moi, c'est un CM2.

Annie est surprise en ouvrant la porte, mais elle nous accueille gentiment. Nous lui racontons le peu que nous savons, ses sourcils se rapprochent l'un de l'autre au fur et à mesure de notre récit. Je l'accompagne à la crèche pour récupérer Théo. Un blond, presque blanc, avec une tête de poussin. D'abord timide en m'apercevant, il me donne finalement la main dans la rue comme à une grande sœur. Théo fait exprès d'ignorer sa mère, venue le chercher plus tard que d'habitude. Cela fait discrètement sourire Annie, alors que ses ongles vernis disparaissent puis jaillissent de la masse de sa chevelure rousse pour former un chignon. Elle y plante une baguette, ça tient. On marche à deux à l'heure à cause du poussin. Moi, je le porterais bien, ses petits cheveux sentent bon comme tout. Les enfants, et même Étienne, ont toujours une odeur chaude réconfortante, sucrée, qu'on ne trouve pas chez les adultes. Sauf maman.

Ce n'est pas aussi rangé qu'à la maison, il y a des coussins colorés sur le sol et le canapé du salon, des photos couvrent les murs. Chaque fois que l'on tourne la tête, une nouvelle chose à regarder apparaît. Si je vivais là, je me prélasserais dans le grand fauteuil avec un plaid à motifs, un oreiller très doux à franges, ou bien sur le tapis en poil de chèvre. Avec Théo on partagerait la même chambre, Étienne aurait la sienne. Le petit m'adorerait. Le samedi après-midi j'inviterais ma meilleure amie, le dimanche nous irions tous ensemble nous promener en forêt, et ensuite Pierre m'expliquerait les mathématiques. Facile. Nous serions une belle famille. À tout le monde je dirais que mes vrais parents sont morts. Dans un accident de voiture, ça arrive souvent.

Le soir, Annie et Pierre préparent des pommes de terre. Elle épluche, et lui taille en forme de frite. Pierre a une petite barbe noire, son seul défaut : piquer quand il me fait la bise. Théo dîne avant nous sur sa chaise haute, ça m'intéresse de l'observer manger, plutôt salement et avec les doigts. Je reste jusqu'à la fin de son repas, Annie remarque qu'il est sage parce que je le regarde. Quand Théo déboule en pyjama, il a l'air plus petit que tout à l'heure. On dirait une miniature de lui-même. De loin, Théo me fait au revoir de la main. Je n'ose pas les suivre dans la chambre lui dire bonne nuit. Par l'entrebâillement de la porte j'aperçois son lit à barreaux, une veilleuse multicolore sur l'étagère, un tapis en forme d'ours, des beaux livres qui me tenteraient bien. Il se rebelle quand sa mère le couche. Moi, j'aurais accepté de dormir là. Puis on s'installe pour un jeu de société tous ensemble, Pierre et Annie m'aident parce que c'est compliqué. Je vois les yeux jaloux d'Étienne.

Pierre déplie le canapé-lit du salon. Étienne m'avertit en chuchotant :

— T'as pas intérêt à péter !

Nous rigolons, le « pétage » est notre jeu préféré.

Je me couche avec anxiété, mon doudou renard est resté à la maison, nous n'avons jamais été séparés une nuit. La lumière éteinte, tout me revient. Maman. Annie et Pierre nous ont dit que « les docteurs s'occuperaient bien d'elle », « promis, on ira la voir demain ». Je n'ai pas eu son bisou du soir. Elle doit être couverte d'un drap blanc sur son lit d'hôpital, les yeux fermés. Je vois papa et l'angle de la rue vide. Mon appel n'a pas été assez fort, papa ne s'est pas retourné. Je geins doucement.

— Quoi encore ? râle Étienne.

— J'ai pas mon renard.

— Tu l'auras demain, dors, péteuse !

Je rigole à moitié, je sortirais bien un pet pour lui donner raison, mais ça ne marche pas. Finalement, je pleure un peu.

— T'as peur du noir ? demande-t-il tout bas.

— Oui.
Étienne se lève et allume la lumière du couloir.

Le lendemain nous allons en classe sans nos affaires et pas coiffés. Pendant qu'elle boit son thé au lait dans une drôle de tasse en forme d'éléphant, Annie écrit un mot pour l'école. Dans les toilettes, j'essaye de le déchiffrer ; impossible. Son écriture n'est pas très soignée pour un professeur. Poussin embarque dans le siège auto, grognant quand sa mère l'attache, il a pourtant de la chance d'aller à la crèche. Le rêve l'attend là-bas. Jeux, repas servi à la cuillère, sieste, jeux encore, goûter, retour à la maison. Programme de roi. Au feu rouge, Annie fait son chignon avec la baguette qui ressemble à celle pour manger les nems.

Ma maîtresse ouvre l'enveloppe et lit silencieusement, puis me prend à part pendant la récréation. La fouineuse, elle voudrait tout savoir. Je suis tentée de parler de l'accident de voiture mortel, mais j'explique que mon père voyage à l'étranger pour son travail et ma mère s'occupe de notre grand-mère malade. Les lèvres de ma maîtresse forment une petite moue.

Ma journée se déroule sans moi, dans l'attente que le soir arrive. Les autres lèvent le doigt en classe, courent et jouent à la récréation, éparpillent le poisson dans l'assiette en mangeant beaucoup de pain, reçoivent un bisou à seize heures trente ou restent à l'étude. Mes bras, mes jambes, mon ventre font un peu comme tout le monde.

Je ne suis jamais entrée dans un hôpital. Tout m'impressionne : le gyrophare, un brancard, deux pompiers près de la porte d'entrée. Des personnes en blouse blanche et chaussures en plastique circulent un peu partout. Le guichet d'accueil est bien trop haut pour qu'on puisse apercevoir quoi que ce soit, une voix sans visage répond à Annie. Chambre seize, troisième étage.

Maman est couchée. Elle a un bras dans le plâtre, quelque chose se pince en moi. Elle est belle malgré tout. Je me glisse précautionneusement contre sa taille. Cette chemise de nuit ne lui appartient pas, heureusement l'odeur de sa peau dans le cou est restée la même. Annie a apporté des fleurs, jolies, dommage qu'elles ne sentent rien. Alors qu'on lui raconte tout ce que l'on a fait depuis la veille, minute par minute, maman a l'impression d'avoir été avec nous. Étienne frime, pourtant, lui aussi a les larmes aux yeux. Je dessine un cœur sur son plâtre, mon frère une tête de mort en forme de cœur, maman rit. Au bout d'un moment, Annie et Pierre s'éclipsent pour que l'on puisse « se retrouver » mais aussi parce que Théo commence à s'agiter. Autant la veille il était mignon, maintenant il m'énerve.

— T'as mal quelque part ?

Maman me répond par un non qui veut dire oui. Nous n'avons pas de brosse, alors elle me coiffe avec les doigts. Ça me plaît quand maman passe sa main dans mes cheveux, je sens à la fois la fermeté des ongles et la pulpe tendre du pouce sur ma tête. À ce moment-là je ferme les yeux et tout rentre dans l'ordre. Elle fait ma natte dans le dos bien serrée, elle doit tenir jusqu'à son retour. Elle aplatit en souriant mes « petits cheveux de bébé » qui ne se laissent pas attraper. Étienne s'impatiente, bouge, laisse échapper un rot, maman le gronde à peine. C'est déjà terminé.

— Pourquoi papa n'est pas là ? dis-je.

— On s'en fout ! lance Étienne.

J'ai envie de le voir. Maman ne sait pas où il dort, explique qu'il a été « méchant », « se cache ». Je déteste quand elle me parle comme à un enfant de quatre ans, mais je n'ai rien compris à leur dispute.

Annie revient, fin des visites, on doit partir. J'empoigne maman en pleurant. Étienne aussi va mal, il a les paupières rouges et voudrait la même chose que moi, passer la nuit là. Alors je promets de ne pas prendre beaucoup de place, je pourrais me coucher sur le fauteuil, ou par terre aussi, pas de problème. Impossible de dormir une nuit supplémentaire loin d'elle, j'ai peur, elle me manque trop. Maman est embarrassée, semble hésiter une seconde mais affirme aussitôt que « ce n'est pas autorisé » ; elle a l'air de peser cent kilos en se laissant retomber sur l'oreiller. Étienne s'est presque arrêté de respirer, il a eu peur que moi seule aie la permission de rester. Ça m'encourage, je continue à m'accrocher, comme un bout de crotte au derrière du chat. Je m'entends faire la sirène, c'est sûrement interdit. Alors que je hurle de plus en plus, une petite lueur s'allume dans les yeux d'Étienne qui a ce qu'il attendait. Affolement général. Maman, émue, ne sait plus comment réagir, Annie me prend par la main, Étienne ne peut refréner un sourire d'excitation.

— Ta gueule ! Mais ta gueule ! crie-t-il.

Une dame en blouse arrive, elle n'a pas l'air de trouver ce tableau très touchant. Je n'ai jamais rencontré personne de plus autoritaire qu'une infirmière. En moins de dix secondes on est mis à la porte.

Au retour, Étienne est fâché, j'ai pourtant fait de mon mieux pour qu'on reste à l'hôpital, mais ses yeux sont éteints maintenant. Théo s'endort immédiatement dans son siège auto, je tourne la tête côté vitre et ne parle plus. Pierre et Annie essaient de me consoler, promettent que maman sortira demain, que l'on préparera un gâteau au chocolat ce soir. On ne m'achète pas comme cela. Inutile d'écouter, plutôt barricader toutes les portes de ma personne, ne plus rien entendre.

Dehors, la nuit commence à tomber, les gens sont pressés, quelques voitures ont déjà allumé leurs phares. Une dame abaisse le rideau de fer de sa boutique. Nous passons devant Les Galeries avec l'étage des jouets que j'adore. Parfois, j'imagine rester cachée à l'intérieur au moment de la fermeture. C'est beau, il y a des lumières partout.

Je me vois sortir les Barbie de leur emballage, échanger les habits, jouer avec la maison. La voiture de sport, c'est moi qui la conduirais, en maillot de bain, un corps de rêve pour Nina-Barbie. La promenade continuerait au rayon des poupées, autant en profiter parce qu'Étienne ne pourrait pas se moquer de moi. Je raffole de leur odeur de vanille, ça donne envie de les lécher. J'utiliserais le matériel qu'on ne trouve pas chez nous, la cuisine complète avec le grille-pain, la poussette, le porte-bébé. Ce serait moi la mère. Le garçon recevrait une fessée parce qu'il a fait sur lui sans demander, et la fille je lui composerais un poème sur l'air de *Une chanson douce*. « Ma pe-ti-te filleuu, tu es toujours la plus belleuuu, près de toi ma douceuuu, j'aime passer tout mon teeeemps… » Assise sur un petit siège rouge d'enfant très confortable, type fauteuil club, imitation adulte, tranquille pour manger des chips, boire mon coca, finir les gâteaux au chocolat. Tout le paquet. Personne pour rouspéter, dire que j'aurai mal au ventre alors que ce serait agréable cette sensation d'avoir trop mangé. Après, je deviendrais une mère fatiguée, direction quatrième étage, niveau literie. Un baldaquin de reine à deux places avec une couette neuve de dix centimètres d'épaisseur m'attendrait.

Dans la voiture, Étienne me dit durement :

— T'arrêtes de faire la tête ?

Je ne réponds pas.

— Sinon je te la pète, ajoute-t-il.

Il mime le geste de l'œuf cassé sur le sommet de mon crâne qui dégouline le long de mes cheveux. Je hausse les épaules.

— T'es vraiment une chieuse, toi.

Dans sa bouche, c'est un compliment. Il essaie de me remonter le moral, parce qu'il a quand même bon cœur mon frère.

Nous sommes arrivés. Pierre gare la voiture au parking, Annie prend doucement Théo dans ses bras, il ouvre un œil complètement ahuri, l'air parachuté dans un autre monde.

La veille, Étienne et moi étions excités, fiers d'avoir été si malins en arrivant en skateboard. Nous vivions comme une aventure la dispute des parents. Mais ce soir, nous avons la sensation de revoir le même film, en moins bien. Pierre déplie le canapé-lit du salon, je n'avais pas remarqué hier, il grince. Nous nous couchons. Étienne se moque de mes pieds qui « puent la merde », c'est vexant.

— Arrête avec ton truc.

— Quel truc ? demande faussement Étienne.

— Ton truc avec ta nouille.

— Ça va pas la tête, toi ! répond-il.

Il se touche le zizi, cela m'empêche de m'endormir. Il l'avait déjà fait pendant les grandes vacances lorsque nous avions passé une nuit à l'hôtel.

— T'arrêtes, ou je vais le dire à Annie.

— Mais… Sinon j'arrive pas à dormir.

Il a sa petite voix qu'on n'entend pas souvent, mais là je n'ai pas le cœur à lâcher un pet pour détendre mon frère. Étienne se tourne sur le côté :

— Bonne nuit.
— Bonne nuit.

Elle est immense cette falaise. Très haute. Arrivée au sommet, je n'ose pas approcher du bord. Le sol paraît vraiment loin, petit comme sur une carte postale, puis devenant aussi minuscule qu'un timbre-poste. Je suis surprise, en haut tout est plat, une belle herbe sentant bon pousse là. Mais si on s'approche, c'est dangereux. J'ai envie de sauter dans le vide, Étienne me supplie de ne pas y aller, un homme au visage noir apparaît. D'un côté il crie « Vas-y ! », de l'autre mon frère s'interpose violemment, « Fais pas ça ! ». Finalement je me réveille en hurlant. Étienne se redresse, l'air aussi ahuri que celui de Théo après sa sieste en siège auto, mais beaucoup plus fâché. Annie arrive, « juste un cauchemar », « pas grave ». J'aimerais la voir, elle, dans la même situation. « Vas-y ! », « Fais pas ça ! ».

6

Je ne bouge plus pour que ça passe plus vite, que la sensation d'interdit parte. Je me laisse faire pendant qu'Annie commence ma natte. C'est la place de maman normalement. Annie nous raccompagne à la maison, Pierre reste avec le poussin, ils nous disent au revoir de la main depuis la fenêtre. Trois jours là-bas, c'est comme si j'y avais vécu deux semaines ; on commençait à prendre nos habitudes, je profitais de ne pas être la plus petite de la famille et les céréales au chocolat étaient bonnes.

Alors que nous entrons dans l'appartement, mamie Do sonne à la porte, une valise à la main. Je sursaute parce qu'elle a maintenant des cheveux blancs aux reflets bleutés, ses bouclettes sont très chics. On l'appelle mamie Do en raison de son prénom, Donatienne, qu'elle n'aime pas. Quand j'étais en maternelle, j'avais passé les vacances d'été dans sa maison ; elle m'avait cousu une jupe rouge vif très jolie, avec un volant au niveau de l'ourlet, comme dans Heidi. J'ai encore les photos, ma jupe par-dessus le pyjama, posant devant ma trottinette. Parfois, elle me montrait les albums de papa petit, je ne le reconnaissais pas. Tous les matins nous mangions la brioche achetée à la boulangerie. C'est moi qui donnais la pièce. Le soir avant d'aller au lit, on jouait à des jeux de société sur la table du salon, mamie Do les rangeait toujours dans la commode, dernier tiroir du bas. Bien trop lourd, il était impossible à ouvrir seule. Ce que j'aimais aussi, c'est qu'elle savait me démêler les cheveux sans tirer dessus.

Au bout de quelques jours ma grand-mère ouvre sa valise, pousse un peu dans l'armoire les affaires de maman pour y ranger les siennes. Elle dort dans le lit des parents. Pourquoi ce n'est pas papa qui nous garde ? Elle ignore où il est, et maman a « besoin de prendre du recul », c'est Annie qui l'a dit à Pierre la nuit précédant notre retour. Maman est partie chez une amie « le temps de se ressourcer ».

Durant l'été chez mamie Do, je lui avais promis de m'occuper d'elle une fois devenue grande. Cela lui avait fait plaisir, elle avait ri pourtant : « Oh, tu auras d'autres choses à penser ! » Moi, jamais je ne l'oublierai quand elle sera « vieille et malade ». Ma grand-mère m'avait serrée contre elle. Son mari était décédé depuis un an, mamie devait se sentir abandonnée. « C'est une belle mort » avait expliqué maman, parce que cela s'était produit la nuit dans son lit. Lorsque nous dormons avec Étienne, parfois j'écoute son sommeil. Je lui donne un léger coup de pied pour voir s'il change bien de position.

Nous téléphonons tous les jours à maman.

Au début, ça commence bien. Je raconte le travail à l'école, maman me dit comment elle a passé sa journée et au moment de raccrocher, moi je ne veux pas la quitter. « Tu commences ton cirque ? » demande mamie, « la gueule de bois » tranche Étienne. Dès que le ton de voix de maman baisse, je la supplie, comme une bête en route pour l'abattoir, de ne pas me laisser, de continuer à parler encore un tout petit peu. Hier, elle m'a prévenue plusieurs fois, « On va raccrocher maintenant, ma chérie… ». Et elle l'a fait. Je n'étais pas prête. J'ai pleuré. À chaque fois c'est la même chose. Je lui demande quand elle va rentrer, « bientôt, mon cœur ». Je dois arrêter mes crises, parce que ce n'est pas cela qui va lui donner envie de nous retrouver. Je n'arrive plus à me contrôler, alors mamie propose que je dorme dans son lit.

Encore cette nuit, « Vas-y ! », « Fais pas ça ! ». Ça me rend folle.

Ce n'était pas prévu, mamie ronfle. Je lui donne un petit coup de pied, comme avec Étienne, mais cela ne change rien. Papa aussi ronfle, pourquoi les adultes fabriquent-ils ces bruits-là ? On a l'impression la nuit que leur corps n'est plus à eux, qu'ils se transforment, que la bête tapie à l'intérieur pourrait nous sauter dessus. Essayant d'être courageuse, je me lève dans le noir avec mon renard et file dans la chambre d'Étienne. Bizarrement, en entrant, je le réveille tout de suite.

— Tu veux quoi ? dit-il.

— Je peux me coucher là ?

— Non !

— S'il te plaît, mamie ronfle…

— Non, tu vas me déranger !

— Promis, juré !

— Tu boufferas pas tes crottes de nez ?

— Non.

— Tu me donnes quoi en échange ?

— …

— T'as combien dans ton cochon ? demande-t-il.

— Neuf euros, mais tu prends pas tout !

— La moitié, conclut-il.

— D'accord.

Il ouvre un bout du drap, se pousse un peu, c'est chaud. Étienne, je sais qu'il respire tout doucement. J'ai caché sous ma chemise de nuit mon doudou.

Nous ne voyons plus les parents. L'école a convoqué mamie car je m'endors en classe. Depuis ce rendez-vous la maîtresse est ennuyée, elle n'ose pas me faire de reproches, n'écrit plus de mots dans le carnet. J'avoue, j'en profite pour oublier mes devoirs. Quand je participe ou donne une bonne réponse, elle me félicite un peu trop et toute la classe me regarde. Avec Étienne nous ne parlons jamais de cela, des parents qui ne sont plus avec nous. Sinon, c'est encore plus dur après.

Au petit déjeuner Étienne me traite de « gueule de cadavre », je pleure directement, dans ses yeux apparaît la lueur qui s'allume et grandit. Il aime bien m'embêter. L'autre jour, mamie était sortie pour des courses et Étienne était surexcité ; il a caché mon doudou, j'ai cru mourir. Lorsqu'elle est rentrée il me l'a rendu. Avant, il n'était pas aussi vache avec moi.

Nos repas ont complètement changé. Mamie Do adore les légumes, mais Étienne a trouvé une solution. À la moitié de l'assiette de soupe, nous demandons des nouvelles de papa. Mamie se redresse un peu sur sa chaise, forme consciencieusement un pli à sa serviette ou, selon les jours, un éventail. Nous en rajoutons avec toutes nos interrogations, jusqu'à ce qu'elle ramasse nos assiettes encore pleines. Étienne croit que c'est un jeu. Moi pas. Les parents me manquent. Mamie a dit de papa « qu'elle ne connaît pas plus doux que lui, qu'il n'a pas senti sa force », « enfant, il ne se bagarrait jamais à l'école », « il aime toujours votre maman ». J'attends la carte postale qu'il doit nous envoyer. Est-ce qu'il est en prison à force de ne pas venir du tout, de ne jamais nous appeler ? Mieux vaut ne pas demander à ma grand-mère, j'ai peur que ma question la tue. Et s'il était vraiment mort dans un accident de voiture ? Cela me paraît complètement possible. Quand j'ai ces pensées-là, je termine mon gratin de légumes. Un petit plaisir pour mamie qui a de la peine.

Nous avons eu au téléphone les grands-parents, côté maman. On ne les voit pas souvent. Chez eux, c'est le grand luxe, tout est délicieux, ils rapportent des recettes de cuisine de leurs voyages. Ils ne savaient pas pour la dispute. Ils ont demandé à parler à mamie Do, je l'ai entendue répondre que ça ne la « dérangeait pas » de s'occuper de nous, qu'il « n'y avait pas de problème ». Je suis déçue, j'aurais eu envie qu'elle dise qu'elle était contente.

« Vas-y ! », « Fais pas ça ! ». Retour dans le lit d'Étienne cette nuit.

Le lendemain matin mon frère demande les sous, je refuse. Il essaie de les prendre mais mon cochon est caché derrière la machine à laver. Il lève la main pour montrer qu'il peut me taper :

— Vas-y, et je commence la sirène !

Étienne n'est pas habitué à ce que je me défende, il demande plus gentiment sous le coup de la surprise, mais je ne bouge pas d'un millimètre. Mon frère soutient que « dans ce cas » il ne pourra plus m'accepter la nuit dans son lit. On négocie. Je le paierai le mois prochain et mamie ne saura pas qu'il se touche la nouille. Étienne accepte sans discuter, je savoure ma victoire discrètement, par peur de sa réaction.

7

Je voudrais être musulmane et catholique pour savoir prier. J'attends que les parents reviennent. Ça me paraît long mais ce n'est pas tout à fait juste, d'après mamie. Elle me montre sur un calendrier, je regarde attentivement pour lui faire plaisir, mais rien ne change. Je vérifie dans le dictionnaire les mots : éternité, infini, galaxie.

Le matin mamie me coiffe, fait ma natte dans le dos, elle s'applique et je ne bouge pas, reste sage et muette. Quelquefois, elle plante dans mes cheveux une petite rose blanche en tissu, ses préférées, à peine ouvertes, le cœur dissimulé. Le résultat est très beau. Sur le chemin de l'école je défais tout.

8

MAMAN nous a prévenus du jour de son retour, mais j'ai préféré l'ignorer pour ne pas avoir de chagrin au cas où elle changerait d'avis. Lorsqu'elle se présente à la sortie de l'école, je sursaute en l'entendant m'appeler :

— Nina !

Quand c'est maman qui le dit, j'aime beaucoup mon prénom. Étienne déteste le sien. C'est un prénom de vieux, en souvenir du meilleur ami de papa qui est mort dans un accident de moto. C'est triste, mais papa avait expliqué qu'au contraire son ami Étienne était tout ce qu'il y a de plus joyeux.

Comme les vacanciers de juillet et ceux d'août, maman et mamie Do se sont croisées. Elle est retournée toute seule chez elle, quelque chose a palpité à l'intérieur de moi lorsqu'elle m'a susurré :

— Au revoir, Nina chérie, j'espère que l'on se verra bientôt.

Ce qui signifiait que ce ne serait pas tout de suite.

Je sens encore la chair de poule sur mes bras et mon ventre lorsqu'elle est partie avec sa valise, son petit chapeau de vieille sur la tête. Plus personne n'en porte, sauf ma mamie qui a gardé les goûts de son époque. Étienne a embrassé mamie avant de partir, mais j'ai eu l'impression qu'il s'en fichait, lui aussi veut maman. J'ai couru dans les escaliers pour rattraper mamie Do et, dans son oreille, j'ai chuchoté :

— T'inquiète, mamie, ça tient toujours ma promesse.

— D'accord, ma chérie, a-t-elle dit en caressant une dernière fois mes cheveux, sûrement heureuse que je n'aie pas oublié.

Pendant toute cette fin de journée je ne lâche plus la main de maman, et cela la fait sourire. Je stationne devant la porte des toilettes en attendant qu'elle en sorte, maman remarque que j'agissais ainsi à environ dix-huit mois. Je ne m'en souviens pas. Étienne me traite de « brosse à chiotte » en murmurant, mais je ne lâche pas mon poste de surveillance.

— Si tu veux, tu peux commencer tes devoirs près de moi, propose-t-elle alors que nous entrons dans sa chambre.

Je m'installe avec mon cahier sur son lit, une valise gît béante sur l'édredon, j'ai la désagréable impression que maman est partie en vacances sans nous. Elle range ses affaires dans l'armoire, je me concentre sur la page de mon livre. En déplaçant une pile de linge, maman s'étonne de trouver une petite rose blanche aux pétales fermés, abandonnée dans un coin sombre de l'étagère. Étienne me regarde par l'embrasure de la porte, il peut à tout moment m'envoyer une flèche en plein cœur.

— Tu as besoin d'aide ? me demande maman.

Je m'applique. N'ayant aucun travail ce soir, je recopie bêtement un exercice. Personne ne prendra ma place.

J'ai des images et toute une liste de questions pas encore posées entassées dans mon cerveau. Pour mon anniversaire l'année prochaine, je demanderai un journal intime à clé, j'espère d'ici là savoir mieux écrire pour noter ce qui fait des trous dans ma tête. Concentrée sur ce que je voudrais comprendre, j'essaie de le retenir. Finalement, c'est toujours pareil. Au bout d'un moment je me souviens ne devoir surtout pas oublier quelque chose, mais quoi ? Et à la place il reste comme un petit trou noir, très joli et bien propre, mais j'ignore ce que j'ai mis dedans.

Avant la dispute, je refusais de dormir tant que papa n'était pas rentré du travail, je glissais mon doudou dans le creux du cou. Maman venait toujours m'embrasser la première. Au seuil de l'endormissement, une tiédeur se posait sur mes paupières, puis toute la paume de la main large et carrée de papa s'étalait sur mon visage, il retenait son poids, présence douce et ferme ; le bisou de la pieuvre partait du front jusqu'à la base du cou. Mon frère était dans le lit d'à côté, il avait le droit d'éteindre un peu plus tard et lisait généralement une BD pour profiter de ce privilège. Il nous observait du coin de l'œil, j'aimais qu'il soit jaloux, avoir alors la sensation d'être la préférée. Après le départ de papa, je sentais encore les tentacules de la pieuvre en moi et gardais les yeux fermés.

Prête à m'endormir, je repasse ce film dans ma tête. Et ça, est-ce que j'allais l'oublier aussi ?

9

Papa est revenu.

Quand il passe nous chercher en bas de la maison, Étienne et moi devenons timides, je fixe le bout de mes chaussures et mon frère paraît aussi dur qu'un poulet congelé. Papa semble mal à l'aise, la présence de fantômes entre nous empêche de parler. Je le regarde longuement, c'est lui sans être lui. Heureusement la Ford neuve nous aide, papa montre tous les accessoires en conduisant, il y a même des petites poches à secrets sous le siège. En arrivant devant la caravane, j'hésite, ne sachant s'il faut être contente ou triste.

— Voilà, c'est ma nouvelle maison ! dit papa.

— Une caravane, marmonne Étienne avec mépris.

— À ton âge j'aurais adoré ça ! Vous allez voir, on va bien s'amuser…

J'ai l'impression d'être face à un poster géant. Elle n'a pas l'air vraie, grande, blanche, sans aucune décoration, plantée là au milieu de rien. Un terrain couvert de pissenlits. Un ciel bleu sans nuages.

— C'est joli, dis-je en entrant à mon tour.

C'est comme une maison de poupée dans un magasin, tout est neuf et j'aime bien la banquette à fleurs. Papa m'explique comment se déplie ingénieusement la table sur laquelle nous prendrons nos repas. Étienne boude, mais il est sûrement un peu content de ce goût d'aventure, de vacances volées. Papa ouvre fièrement les placards de notre « kitchenette », il nous fait un clin d'œil en montrant du doigt les paquets de céréales :

— Vos préférées !

J'ai les larmes aux yeux, ce ne sont pas celles-là, impossible de décevoir papa, je me précipite contre lui ; il me porte facilement d'un bras solide, aussi légère qu'un papier de bonbon. J'adore cette sensation d'être la plus grande. Je pointe du doigt la direction à emprunter, mais papa ne réagit pas tout de suite. Je frappe deux fois de suite l'encolure de mon cheval, papa comprend le signal et m'amène à l'autre bout de la caravane en trottant, puis revient à son point de départ. C'est moi qui commande. Étienne nous observe, l'air mauvais. Je fais signe à ma monture obéissante de me reposer au sol.

— Va falloir qu'on s'organise. C'est pas grand, on rangera au fur et à mesure, dit papa.

Il y a quelque chose de magique : le toit se relève.

— Votre étage ! annonce papa sur un ton de majordome.

C'est là que nous dormirons avec mon frère, une petite chambre à laquelle on accède par une échelle. Tout juste la place pour un matelas à deux places, on ne peut pas se tenir debout. Au fond à gauche, on aperçoit un hublot, pourvu qu'Étienne me le laisse !

— Papa, je pourrai dormir de ce côté-là ?

— D'accord, ma chérie.

— Et moi ?

— Tu veux pas laisser la place à ta sœur ?

— Non ! Moi aussi je veux dormir au hublot, s'exclame Étienne.

Papa est embêté, il veut que tout le monde soit content.
— Vous irez chacun votre tour.

Dommage qu'il n'y ait pas de papier-cadeau, mais c'est gentil quand même. Papa nous offre deux fusils à eau, Étienne saute de joie. Nous les remplissons au robinet avant d'aller sur le terrain, puis jouons tous les trois à la guerre et on crie, on grogne, on rit. Étienne court plus vite que moi, au bout d'un moment j'en ai marre, ma jupe est trempée, alors papa prend mon fusil et poursuit mon frère qui file droit devant lui. Il le rattrape, Étienne hurle lorsqu'il reçoit de l'eau dans le cou, chute au sol. Je ne veux pas manquer ce spectacle d'Étienne à terre pédalant les jambes dans le vide pendant que papa l'immobilise et tire, Étienne se débat mais son adversaire ne lâche pas, l'asperge de plus belle.

— Arrête ! dit mon frère en lâchant un sanglot.

Papa stoppe immédiatement et recule d'un pas, décontenancé. Il abandonne son arme, ouvre les bras, offrant son corps comme Jésus sur la croix :

— Vas-y ! À ton tour !

Étienne se relève en essuyant ses larmes.

— Vas-y je te dis ! C'est à toi, Étienne !

— Non, j'ai pas envie !

Le visage crispé, papa ramasse les armes :

— Allez, on rentre, ça se couvre.

À cause de moi, tout le monde est fâché. Je ne me souviens plus quand mon frère a pleuré pour la dernière fois.

Papa fait sécher nos affaires sur la porte coulissante de la douche. On a oublié les vêtements pour se changer, j'ai mis mon bas de pyjama, Étienne aussi. Papa avait raison, il se met à pleuvoir. Nous regardons la pluie s'écraser contre les fenêtres en plastique, aucune goutte ne ressemble à une autre, chacune sa trajectoire et soudain celle-ci, comme un beau molard explosant en étoile.

— Vous pourrez apporter des jeux la prochaine fois ? Des cartes, ou des petits chevaux ? demande papa d'une voix perdue.

J'ai proposé ma place côté hublot mais Étienne a refusé, il ne voulait pas qu'on la lui donne. Il voulait la prendre. Je me suis réveillée très tôt le lendemain matin, apercevant les points lumineux de la ville au loin. De là-haut, ce serait facile pour moi avec une longue-vue, un petit coup d'œil de surveillance vers maman. Dans mon film préféré, elle range ma chambre, change mes draps, prépare des confitures de fraises, des gâteaux au chocolat, met un énorme bocal de bonbons sur la table de la cuisine en attendant mon retour et celui de papa. Et ils s'embrassent sur la bouche.

À la fin du week-end, papa nous laisse en bas de la maison et je vois bien qu'il a le cafard. On monte seuls les escaliers de l'immeuble. Maman se précipite sur nous :

— Ça va, vous ne vous êtes pas trop ennuyés ?

Je me demande si elle voit des gens quand on n'est pas là.

Elle permet des choses qui seraient impossibles avec papa, aller dans son lit le soir ou parfois le matin au réveil, discuter quand on veut, et encore des câlins. Avant, ce n'était pas autorisé d'entrer à n'importe quel moment, on ne dérangeait pas les parents. Étienne a dit qu'ils « faisaient l'amour », n'importe quoi, lui ! Il a répondu : « Si, j'ai entendu ! » Mensonges. Il est jaloux quand je suis avec maman. Pourtant mon frère aussi vient dans son lit, nous nous installons chacun d'un côté contre elle avec nos devoirs pendant qu'elle regarde un magazine ou se repose.

Nous y passons tous finalement beaucoup de temps, je l'adore. Il est grand et confortable, sent toujours bon, les draps sont magnifiques. J'ai mon coussin personnel, celui avec les dégradés de bleu, violet, rose foncé, mais Étienne ne le sait pas, sinon il voudrait me le voler.

— Tatinnn ! dit maman en montrant le paquet-cadeau.

Je crois d'abord à une surprise pour nous, en fait elle s'est offert quelque chose. Un beau peignoir fleuri, doux, moelleux, satiné, il a sûrement coûté cher et ressemble à celui d'une star. Elle s'en enveloppe puis défile en riant, je réalise alors que les fleurs sont comme celles de la banquette de la caravane ! Étienne, lui, semble ne rien avoir remarqué. Ça me fait sourire mais maman ne peut pas comprendre, ce lien invisible entre les deux maisons, les deux parents. Je l'imagine en peignoir s'allongeant sur la banquette, elle se fond dans notre paysage et embarque avec nous. Depuis la dispute, les fleurs sont là.

Elle le porte toute la journée, presque plus besoin de quitter la maison. Ce qui n'a pas changé, c'est l'odeur de maman, j'en respire autant que possible.

Sur le chemin de l'école, elle est dans ma tête. Au moment des exercices en classe, lorsque la maîtresse s'approche de moi parce que mon stylo reste levé, maman occupe mes pensées. En rentrant à seize heures trente, il me faut voir son visage d'abord et deviner si la journée a été bonne ou pas, si elle est fatiguée ou si elle est sortie de la maison. Je sais lire son chagrin.

10

Voilà la nouveauté. « Le brunch du soir. » Il est seize heures quarante-cinq mais je veux bien patienter jusqu'à dix-huit heures pour faire plaisir à maman. Mon frère râle sans insister longtemps, maman devenant aussi fragile et délicate qu'un jouet Kinder, un sucre dans un yaourt nature, un coquelicot sous une roue de voiture.

Elle prépare tout sur un plateau et retourne se coucher. Coquillettes au Kiri, chocolat chaud avec des tartines, compote de pommes, nous nous installons avec elle au lit pour « notre soirée en famille ! » clame Étienne triomphant. Je me tais, mais sans papa nous ne sommes pas vraiment en famille. Ça me rappelle le moment où il s'était levé la nuit pour dîner. Juste avant la dispute. Maman n'avait pas du tout apprécié qu'il termine les lasagnes, « Tu as mangé la part des enfants ! ». Pauvre papa, il est souvent dans la lune, il n'avait sûrement pas remarqué. Et puis, s'il avait faim, j'étais d'accord qu'il prenne ma part. Pourtant je n'avais rien dit. Un week-end sur deux, c'est long avant de retrouver papa et le consoler.

— Ça va, mon cœur ? demande maman.

Je hoche le menton en mangeant ma compote, assise en tailleur sur le lit. Maman caresse mes cheveux doucement alors que j'étais en train de penser à tout cela. Je colle un peu plus mon dos contre son épaule, elle pose sa joue sur ma tête ; toute la colère qui remonte en pensant à ce reproche fait à papa est rangée dans un coin noir et sale. La chaleur de maman me donne l'impression d'être à l'intérieur d'elle, son odeur m'enveloppe, mes pensées s'échappent. Tout est sublime chez maman.

Maman pose le plateau par terre, nous sortons nos devoirs. Avec les journées qui rallongent, la soirée s'annonce peu à peu mais on n'a pas encore besoin d'allumer la lumière. Il est dix-neuf heures, un voile sombre commence à ramper sur les murs. Maman s'est endormie, alors je récite ma poésie à Étienne en chuchotant, j'essaie de mettre le ton comme la maîtresse l'a demandé :

Joie du printemps

Au printemps, on est un peu fou,
Toutes les fenêtres sont claires,
Les prés sont pleins de primevères,
On voit des nouveautés partout.
Oh ! regarde, une branche verte !
Ses feuilles sortent de l'étui !

Étienne attend sans arrêt que je me trompe.

Une tulipe s'est ouverte…
Ce soir, il ne fera pas nuit[1]*…*

Aucune faute, Étienne me demande pourtant de recommencer. Je soupire, il insiste, maman dort. Il me faut reprendre la récitation. Évidemment, sous son regard de plus en plus

1. Lucie Delarue-Mardrus, extrait de *Joie du printemps*, http://www.librairie-interactive.com

insistant, maintenant tout s'embrouille, j'oublie les mots ; apparaissent alors la petite lueur d'excitation dans ses yeux et son sourire de satisfaction. Nous commençons à nous disputer sans bruit. J'aimerais, comme un bébé, le mordre.

Quelques jours plus tard, il y a un gros problème, maman a été convoquée par la directrice de l'école. Étienne est renvoyé. Il restera deux jours tranquille à la maison ! J'entends assez bien l'oreille collée contre la porte de sa chambre, maman ne comprend pas pourquoi il donne des coups de pied dans le couloir, prend de force le goûter d'autres enfants, vole leurs cartes de footballeurs. Des parents se sont plaints. Il nie d'abord tout en bloc. Puis la voix de mon frère déraille, j'imagine le visage bouleversé de maman, ça m'écrase le cœur. Étienne finit par pleurer en demandant pardon et sa voix cassée me fait mal, lui non plus ne supporte pas le visage triste de maman. Elle lui pardonne, l'année prochaine ce sera le collège, il est grand, elle veut être fière. C'est lui « l'homme de la maison ». Je reste là, saisie, cherchant le sens exact de cette phrase. Mais je sens qu'à moi, maman n'a rien annoncé d'aussi important.

Tout le monde sait qu'il a été renvoyé. Même les CP sont venus me tourner autour :

— Il a fait quoi ton frère ?

— Rien, dis-je.

— Ça se peut pas !

Je regarde ailleurs et on passe à autre chose.

Les divorcés, séparés, trompés, tout le monde sait exactement qui est concerné, on se reconnaît entre nous à l'école. Comme un petit air de sympathie. À la question « Tu préfères perdre ton chien ou que ton père-ta mère trompe ? », franchement, que choisir ? Je n'ai pas de chien. Jules répond « trompe », chacun cherche son intérêt sans penser à ses parents. Mais Nathan a remarqué, lorsqu'un frère ou une sœur arrive, c'est là que les parents se quittent, au deuxième enfant. J'ai l'impression que les autres me regardent, j'ai envie de hurler et disparaître. Je ne dis rien, ne voulant jamais attirer l'attention. Manon, elle, proteste, la cloche sonne et l'interrompt, nous nous mettons en rang deux par deux pour remonter en classe.

Étienne est revenu à l'école. Désormais, nous rentrons tous les jours seuls à la maison. C'est pas drôle quand je dois surveiller la sortie pour l'attendre ; Étienne prend toujours tout son temps. Il apparaît enfin devant le portail. Je n'irai pas l'interroger au sujet de ses idées sur la séparation. Avant, j'étais à l'aise avec lui, maintenant chacun de nous garde ses secrets. Il arrive avec son butin en main, mon frère est très fort au jeu de billes. Cet après-midi encore, Étienne a remporté quelques calots magnifiques. Il me les montre, merveilleux de beauté, transpercés par les rayons du soleil, laissant un reflet bleu sur l'œil lorsqu'on les ajuste comme un monocle.

— Tiens ! dit-il.

Il m'en donne un, le plus beau, azur avec des stries vertes. Je n'ose pas accepter.

— Pourquoi t'en veux pas ?

Je l'enfourne dans ma poche en me demandant s'il me l'a vraiment offert ou le reprendra dans cinq minutes.

— T'es contente ?

Je fais oui du menton en évitant son regard.

Au bout de dix minutes nous arrivons à la maison, Étienne décroche la clé autour de son cou, il refuse toujours de me laisser la porter. Nous ne sonnons plus à la porte en rentrant de l'école ni des courses, au cas où maman se reposerait. Étienne ne m'a pas réclamé le calot. J'adore quand il oublie d'être vache, dans ces moments-là j'ai la sensation que tout est terminé.

Ce qui me plaisait avant la dispute, c'étaient les vacances en famille. Pendant plusieurs étés, les parents avaient loué une maison à la campagne, avec Étienne on construisait des cabanes. Après le petit déjeuner, il me donnait la main pour traverser la route, je me sentais en sécurité. Mais il n'y avait pas de circulation, personne ne s'arrêtait ici. Quelques maisons avaient été construites là il y a longtemps, pour habiller la route déserte. En tournant la tête à droite on voyait un pont de pierre, des rails. Avec Étienne nous avions le droit d'y jouer, les herbes poussaient entre les graviers et recouvraient les grosses vis rouillées. Une nuit j'avais entendu les roues du train grincer, pourtant papa m'avait dit que c'était impossible, la voie était « désaffectée ».

La dernière fois nous avions fabriqué un village entier, empilant des pierres, des vieilles branches et de la terre ; chacun était devenu propriétaire de plusieurs maisons. Il y en avait une toute petite, on ne pouvait y loger que la tête et les épaules, c'était ma préférée. J'ai admiré mon frère, sans lui rien n'aurait été possible. On y retournait ensuite l'après-midi, papa venait nous chercher avant le dîner. Étienne voulait que nous dormions là pour jouer, mais malgré son insistance les parents avaient refusé. Étienne n'a peur de rien, c'est ça qui me fait peur.

Maman m'a envoyée me brosser les dents. J'inspecte mon reflet en prenant garde à ne pas éclabousser le miroir, tente une ou deux grimaces horribles puis un grand sourire pour tout effacer, comme avec une ardoise magique. Plusieurs fois de suite. Maman passe la tête dans l'entrebâillement de la porte :

— Allez, mon cœur, c'est l'heure d'aller au lit.

— Maman, est-ce que papa t'a trompée ?

Elle entre tout à fait dans la salle de bains, me fixe avec stupéfaction, puis son visage laisse place à une colère froide qui me fait regretter d'avoir parlé sans réfléchir. Maman s'en va en claquant la porte. Je crache salement le dentifrice dans le lavabo. Face au miroir, je n'ai plus envie de jouer à la tête de monstre.

11

Les vélos restent à la caravane. Dès que le temps le permet, nous les avons dans les jambes, Étienne prend son goûter en selle et nous repartons souvent pour un dernier tour après le dîner. Papa laisse la porte ouverte, surveille d'un œil nos allées et venues en terminant la vaisselle. Il est dans ses pensées, mais lorsque nous nous éloignons trop il appelle d'un signe de la main. Étienne pourrait désobéir. À cause de lui je suis obligée de rester raisonnable alors que je voudrais être désagréable, égoïste, faire ce qui n'est pas autorisé.

Cet après-midi le temps est beau, papa installe la table de camping sur le terrain. Après y avoir pris mon goûter, je ne sais plus comment m'occuper. Papa fatigue à la deuxième partie de petits chevaux. Il avait gardé la surprise pour un moment de creux, mais il oublie toujours le papier-cadeau, alors j'ai l'impression que ça ne compte pas. C'est un cahier de coloriages et découpages, comme je les aimais à l'âge de quatre ans. Les dessins sont vraiment bébé. Embarrassée, je me tourne vers papa, son visage inquiet et presque timide m'interroge. Faussement contente, je parcours les pages en m'exclamant, remercie plusieurs fois. Papa est rayonnant et ne s'aperçoit pas qu'Étienne ricane.

— Désolé, cette fois-ci j'ai rien pour toi, mon grand, mais la prochaine fois, sans faute !

Étienne fait une mimique, bon prince :

— Pas de problème.

Papa, ému, est aux anges.

— On commence à bien gérer tous les trois… Qu'est-ce que vous voulez qu'on organise la prochaine fois ?

Désœuvrée devant mon coloriage, pour que papa ne s'aperçoive de rien, je m'attaque de plus belle à la fermière et son veau.

— Papa, j'ai cassé la mine, dis-je d'un ton plaintif.

— T'as pas un taille-crayon, mon poussin ?

— Si, mais j'arrive pas.

Papa réussit à enlever la mine coincée puis taille mon crayon avec enthousiasme ; je me remets au travail, il reste assis à côté. Je prends l'air le plus enfant possible, je me dégoûte presque. Mais papa me regarde tendrement, il est tout à moi et je voudrais que cela dure jusqu'à la fin des temps.

Nous faisons attention à ne pas laisser une chaussette ou un tee-shirt, sinon maman ne serait pas contente. L'espace est réduit, la caravane se retrouve rapidement en désordre, heureusement personne ne voit ce bazar. Papa dit que c'est sans importance, qu'il aura « bien le temps de ranger ce soir en rentrant », et à ce moment-là je commence à avoir mal au ventre.

Nous arrivons en bas de la maison, papa fait son créneau. Étienne n'attend que ça mais respecte le signal. Papa se tourne vers lui en marquant un arrêt, Étienne tire alors fièrement le frein à main, comme s'il était le conducteur. Il descend, le fusil en bandoulière.

— Tu es sûr que tu veux l'emporter ? demande papa.

Étienne se contente de pincer les lèvres en plaquant le fusil contre son pull. Je sors mon renard de la poche du blouson, après réflexion il vaut mieux qu'il reste dans la caravane, s'il était oublié à la maison je serais trop triste de n'avoir rien pour dormir à l'étage. Papa l'installe contre le pare-brise et me promet que mon doudou m'attendra là-haut. Je me jette dans ses bras, toujours désespérée de le quitter et en même temps heureuse de retrouver maman. Étienne est déjà sorti et me tire par la manche, papa intervient :

— Arrête, Étienne !

Mon sac à dos du week-end sur les épaules, j'interroge papa :

— Pourquoi tu ne mets jamais de papier-cadeau aux cadeaux ?

Il semble plutôt surpris par la question.

— Je ne sais pas, ma chérie…

Je reste en attente, le regard braqué sur lui.

— Heu, je sais pas… Peut-être comme ça tu n'es pas déçue si je me trompe, tu vois tout de suite ce que c'est, me répond-il.

— Tu pourras en mettre la prochaine fois ? dis-je.

— D'accord. Promis.

— T'oublieras pas ?

— Non.

Je voudrais être dès maintenant à la prochaine fois. Je regarde une dernière fois papa, il me manque déjà. Si je pouvais, je le mangerais.

Avec Étienne nous montons les escaliers sans parler. Songeuse, je traîne les pieds avec colère contre les marches usées de l'immeuble. Étienne me nargue d'en haut en sonnant le premier à la porte. « Un ressort sur pattes » a dit sa maîtresse à la mienne. Maman nous embrasse, contente de nous retrouver. Ça sent l'odeur de chez nous. Blottie contre elle, les yeux fermés, je parviens à imaginer la présence de mes parents réunis dans la même pièce.

— Vous avez pris une douche ? demande maman.

Dans la caravane, le matin, papa pose la question :

— Quelqu'un veut prendre une douche ?

Nous répondons toujours « non » et il n'insiste pas. La première fois cela m'a amusée parce que c'est une cabine de bain couleur beige clair, on a l'impression d'être un œuf rangé dans une boîte, ou à l'intérieur d'un avion. J'adore le bruit de l'eau qui coule sur le plastique dur, ça libère les airs dans ma tête et je chantonne discrètement pour ne pas qu'Étienne se moque. Mais maintenant j'ai froid en sortant, alors nous nous brossons les dents. C'est tout.

— Je parie que votre père ne vous a même pas demandé d'aller vous laver !

Changeant d'humeur d'un seul coup, maman nous oblige à passer par la salle de bains. Étienne râle car l'on doit y aller ensemble pour économiser l'eau, je m'en fiche, nous avons toujours fait comme ça. Dans la baignoire Étienne prend toute la place. Il commence à se vanter parce qu'il est fort en mathématiques, d'après sa maîtresse ; il travaille à peine et ses notes sont bonnes. Moi, je ne comprends rien. Additionner, soustraire, compter dans ma tête ; je préfère ne pas réfléchir à tous ces chiffres, ne pas penser à papa seul dans la caravane.

— La nulle ! Cerveau de méduse ! s'exclame Étienne.

— N'importe quoi ! dis-je.

— Si tu travailles mal à l'école, maman t'aimera plus.

Alors là, les larmes me montent aux yeux. Et si c'était possible ? Si elle préférait Étienne ? L'homme de la maison.

J'hésite à lancer la sirène. Je ne réponds pas et commence à chanter pour l'énerver. Ça monte, de plus en plus fort, Étienne me sort des méchancetés ; je crie pour couvrir sa voix :

— LA-LA-LA-LA-LA.

— Ça pue ! T'as chié dans le bain !
— LA-LA-LA-LA-LA.
— Ah, la dégueu ! Maman ! Maman !
— Même pas vrai !
— Maman, viens ! hurle Étienne.

Maman me regarde droit dans les yeux et me demande si j'ai « fait ».

— Non.

Étienne insiste, il se lève et sort furieux, hilare :

— Elle est dégueu !

Maman m'apporte mon pyjama, me prend la main pour sortir du bain. Nous restons là tous les trois à regarder la baignoire se vider, Étienne et moi emmitouflés dans nos serviettes. Il n'y a plus d'eau, ne reste que mon caca coincé dans la bonde.

12

À l'école, quand les garçons jouent à embêter les filles et qu'ils nous courent après, Antoine me défend. Thomas, lui, me suit partout, il est en CE1B, moi en CE1A. Il veut savoir si je suis amoureuse de lui. Non. Quand on est amoureux, c'est pas comme ça.

Samedi après-midi j'ai invité Antoine. Étienne s'est installé sur le balcon avec ses personnages pour être le premier à le voir arriver, et frimer en montrant ses jouets. Si son vélo avait été à la maison, il l'aurait exposé dans l'entrée, passé un coup de chiffon sur la selle pour qu'elle brille. Obligé. Antoine arrive, accompagné par son père. Heureusement maman s'est habillée et a bien rangé la maison. Le peignoir sèche discrètement sur un cintre au-dessus de la baignoire. Antoine m'offre un cadeau, j'adore l'emballage, un papier argenté que je défais délicatement pour pouvoir le récupérer ensuite. Je n'ose pas mettre le bracelet devant tout le monde, je referme la boîte en carton, lisse, brillante, d'un blanc éclatant.

On commence un magnifique après-midi, mais assez vite Étienne nous épie. Maman lui demande de nous laisser jouer tranquillement, la prochaine fois il pourra inviter un copain lui aussi. À l'école il se bagarre, attaque ses amis, parfois les autres ont peur de lui. Avant, il était invité aux anniversaires. J'ai pitié de mon frère, impossible de le laisser malheureux parce que ça me déclenche un mal de ventre. Il faut changer d'activité, on ne peut pas jouer au papa et à la maman devant lui. Cinq minutes plus tard, mon frère devient le chef. Aux super-héros, à chaque fois que j'essaie mon pouvoir magique, Étienne en invente un plus puissant. Antoine aime bien ce jeu de garçon et je me sens seule. Maman nous appelle pour le goûter.

Une fois Antoine parti, je vais dans ma chambre, sans même avoir le courage d'être en colère. Plutôt triste, vide, rabougrie, fatiguée. Étienne est retourné s'occuper seul, il a fermé sa porte, ne m'a pas dit merci.

Il fait encore noir dans mon lit, aucun bruit, je ne sais pas pourquoi je me suis réveillée. Mon oreiller sous le bras, j'entrouvre la porte de maman, dans la pénombre on ne voit rien, mais sa respiration est régulière, apaisée. Trois heures dix sur le micro-ondes. Facile de sortir du placard un bol de céréales, puis le lait, d'ouvrir le frigo ; sa lumière intérieure m'éblouit. La nuit paraît encore plus sombre une fois qu'il est refermé, je retourne à tâtons m'asseoir à la table de la cuisine. Le carrelage prend toute la chaleur de mes pieds et je frissonne. Mon oreiller est bien calé contre mon ventre. Voilà, le goût habituel des céréales au chocolat qui remplit le vide entre les dents, le dessous de la langue, toute ma bouche, je me regonfle comme un ballon à une fête d'anniversaire. C'est d'abord un tintement rassurant du cœur, aux oreilles, à la tête et j'entends parfaitement les céréales qui me parlent, « c'est moi-c'est moi-c'est moi-je suis là-pour toi ».

La porte d'Étienne est restée grande ouverte, je ne l'avais pas remarquée en passant tout à l'heure dans le couloir. Lui aussi doit avoir peur la nuit, mais l'idée même que mon frère puisse être effrayé me terrifie. J'hésite entre retourner dans la cuisine prendre une poignée de céréales ou filer dans ma chambre. Non, je vais me coucher si doucement à côté de maman qu'elle ne se réveillera pas. Le temps de respirer son parfum, poser mon oreiller contre ses cheveux étalés sur le drap, ainsi il capturera son odeur. J'attendrai là cinq minutes, me ferai minuscule près d'elle et quand le sommeil m'emportera, je foncerai dans mon lit. Je me rapproche silencieusement, par à-coups, comme un crabe prudent sort de son rocher, mes pieds accrochent les lattes du parquet. Étienne occupe la place, le visage contre le cou de maman, leurs respirations se mêlent. J'aperçois le pied nu d'Étienne qui se dresse hors de la couverture.

13

MAMAN me coiffe avant de partir chez papa. Une natte bien serrée. Ça doit tenir tout le week-end. J'ai remarqué que là-bas, Étienne est plus gentil avec moi. Papa ne sait rien du comportement de mon frère à l'école, ni du mien d'ailleurs. Il ignore qu'Étienne a été encore puni. Souvent il oublie, parce qu'il est un peu ailleurs papa, mais quelquefois il nous demande le samedi : « Vous avez des devoirs ? » On ne répond ni oui ni non. Je prends un air embarrassé, Étienne s'agite. « Bon, on regardera demain matin » propose papa gentiment, alors Étienne envoie son sac dans un coin et moi je me sens soulagée. Ces histoires d'école me pèsent énormément, je n'ai que des bonshommes rouges qui froncent les sourcils sur mon cahier ; maman va être convoquée par la maîtresse.

Le vendredi soir, c'est pizza et mousse au chocolat, papa sait exactement ce que nous aimons. À vingt heures nous montons tous les trois dans la Ford, Étienne à l'avant, moi à l'arrière, et nous allons jusqu'au camion de Kalil faire le plein de l'allez-graisse.

— Alors, princesse, ce sera quoi pour toi ce soir ? me demande Kalil. Et pour le grand ? dit-il ensuite.

Il est vraiment très beau. Cheveux noirs brillants, comme papa, peau bronzée. Je n'ai aucune idée de son âge. Vingt ?

Trente ans ? Il est d'une gentillesse à couper le souffle, et j'adore le regarder préparer nos pizzas, la façon dont il étale la sauce tomate, aligne le jambon et la mozzarella. Sa préférée est celle avec l'ananas, promis, un jour il faudra goûter, mais j'aime commander la même un vendredi soir sur deux. Dans son camion il y a toujours de la musique, comme pour une fête, ça me met de bonne humeur. Lui, il a le sourire aux lèvres et nous offre un bonbon à mon frère et moi lorsque papa paie. Il lui confie alors : « Tu as de la chance, les enfants, c'est l'allégresse. » Étienne ne veut jamais manger son bonbon, il le laisse croupir au fond de sa poche ou le jette plutôt que de me le donner.

C'est peut-être bien moi sa préférée, Kalil m'appelle « la princesse du désert, madame la Présidente, la protégée de Dieu, la jolie ». Dans le miroir je ne vois rien de magnifique, mais en l'écoutant je ne peux m'empêcher d'y croire un peu. En partant, après un dernier coucou de la main, je l'observe par la plage arrière de la voiture lorsqu'il ne regarde plus dans notre direction. Je connais ses gestes par cœur, comme une danse. Il s'essuie les mains sur son tablier, monte le son de la musique, bouge un peu les épaules, allume une cigarette qu'il fume devant le camion, la jambe arrière repliée contre la tôle. Agenouillée sur la banquette arrière, je fais les gestes en miniature en même temps que lui, tout en fixant la silhouette de Kalil qui disparaît peu à peu. Je fume une dernière fois ma cigarette et me rassois, à la demande de papa :

— Attache ta ceinture, Nina.

D'accord, mais ça ne vaut plus le coup d'obéir, on arrive dans cinq minutes.

Je ne vois pas beaucoup de clients au camion, à part nous, sans compter Jean-Claude, un vieux qui a l'air sale et a toujours un gobelet de café en main ; à croire qu'il n'aime pas la pizza.

Lui aussi m'a trouvé un petit nom, « Bella Nina », mais je ne lui réponds pas et déteste quand il est là. Il me gâche le paysage de l'amour. Ce n'est pas un vrai client, c'est « un pilier de comptoir » explique papa. Alors, quand il n'y a personne, Kalil a le temps de rêver à son pays dont j'ai oublié le nom, où il y a la mer et des palmiers, mais aussi des familles pauvres et des enfants qui ne vont pas à l'école. Mais Kalil a une idée géniale, il veut ouvrir une pizzeria dans son pays, c'est pour cela qu'il est venu en France gagner de l'argent. Je n'ose pas lui demander, la question tourne dans ma tête, est-ce qu'il dort dans son camion la nuit ?

— Pourquoi on achète notre pizza chez un Arabe ? dit Étienne au moment où l'on se gare devant la caravane.

Papa se tourne vers Étienne côté passager et le gifle. Rapide et précis.

— Tu parles pas comme ça de notre ami, Étienne.

Personne ne s'y attendait, même pas papa je crois. C'est la première fois qu'il donne un coup à mon frère. Papa serre lui-même le frein à main, quelque chose dans l'air reste crispé. Étienne se lève sans un mot et claque la portière. À travers le pare-brise sali par la pluie, on distingue Étienne, les mains enfoncées dans les poches de son blouson, à la fois furieux et honteux, qui jette un regard mauvais vers papa. Je me tais, papa bouge comme s'il pesait cent kilos. Il ouvre la porte, pose les cartons à pizza sur la table et tente une main dans les cheveux de mon frère lorsqu'il se faufile pour entrer ; Étienne se détourne d'un mouvement d'épaule. J'évite de les regarder. Que faire ? Ce sera mieux de ne rien dire à maman. Étienne monte à l'étage pour ne pas perdre la face.

Lorsque l'on ouvre le couvercle du carton, l'odeur alléchante de nos pizzas se répand dans la caravane, Étienne descend dès le premier appel de papa. Il faut les manger rapidement avant qu'elles ne refroidissent et en général nous ne discutons pas pendant ce temps. La bouche pleine, je pose quand même la question :

— Est-ce que « Arabe », c'est un gros mot ?

Étienne me fusille du regard et papa s'arrête net, embarrassé.

— C'est pas ça, mais j'ai pas aimé la façon dont ton frère a parlé. Kalil, c'est mon ami.

Chacun retourne à ses pensées. Papa se redresse en terminant sa bouchée :

— Il va retourner au pays bientôt, ça vous plairait qu'on aille le voir pendant les vacances ?

— Oui !

Papa rit. Moi seule ai répondu, mais je sens mon frère intéressé.

— Il y a toujours du soleil là-bas… Marre du temps pourri d'ici, conclut papa.

Papa demande à Étienne de sortir les mousses au chocolat. J'adore tout particulièrement le bruit lorsque nous y enfonçons notre cuillère à café, il y a un petit pichhhh, le moelleux de la mousse, le couinement de l'onctuosité, le délice des délices, l'amour de Dieu, pourrait dire Kalil. On se lance à tour de rôle, c'est le concours de celui dont la mousse « proute le plus fort » clame Étienne. Lui aussi aime bien ce jeu du vendredi soir. Pourtant, je vois bien qu'Étienne en veut encore à papa.

Papa a réussi à installer une télévision avec une antenne en forme d'aile d'oiseau, nous regardons les informations en mangeant. Maman ne veut jamais, car pendant le repas « on se parle, on raconte sa journée ».

Il fait encore jour après le dîner et la caravane reste lumineuse malgré les stores, je ne peux pas dormir. Étienne non plus. Nous avons le droit de regarder un film avec papa sur la banquette à fleurs, mon coin préféré après celui du hublot, ou nous allons jouer dehors. Mais Étienne prétend qu'il s'ennuie avec moi, que je suis trop petite pour lui. Alors souvent ça se termine devant un DVD avec un jus d'orange. Papa a promis que la prochaine fois il achèterait du pop-corn comme au cinéma.

Au moment de dormir, le regard collé au plafond de la caravane, je pense à maman restée seule ce week-end. Qu'est-ce qu'elle a mangé ? Est-ce qu'elle est sortie aujourd'hui ? S'est-elle ennuyée sans nous ? Elle doit se sentir triste. J'ai l'impression d'être dans la machine du boucher, celle qui tient le jambon bien en place pour pouvoir le découper en tranches fines. Elle m'enserre les côtes, la poitrine, le ventre, ça m'écrase et j'ai peur.

— Papa ? Je peux avoir un verre d'eau s'il te plaît ? dis-je.

Il est en train de regarder la télévision, je l'entends se lever et faire couler le robinet.

— Va te coucher, Étienne.

Mon frère me rejoint à l'étage et se faufile dans le lit en râlant, pourtant il est autorisé à veiller plus tard que moi, c'est déjà pas mal vingt-deux heures trente. L'échelle grince lorsque papa m'apporte à boire, il reste en équilibre, seul le haut du corps dépasse. Grand et fort, il n'a pas la place de s'allonger là-dessous.

— Tu dors pas ? demande-t-il.

Papa ne pose que les questions dont il a déjà les réponses. Je bois à peine une gorgée.

— Bonne nuit, ma chérie.

Alors qu'il s'apprête à redescendre, il s'arrête, et son bras arrive jusqu'à moi :

— Tiens, t'as le bisou de la pieuvre.

Il passe sa main sur mon visage, glisse lentement ses doigts sur mes paupières. J'adore qu'il y ait pensé, pas oublié. Étienne met son oreiller sur la tête en refusant de souhaiter bonne nuit. Troublé, d'une main maladroite, papa secoue de droite à gauche son corps fermé et raide, sans oser insister davantage.

— Pourquoi vous vous êtes disputés avec maman ?

Il reste la bouche ouverte au moins trois secondes, pousse un soupir et s'accroche de ses deux mains à l'échelle :

— C'est compliqué, ma chérie... Moi, je ne voulais pas me séparer de ta mère... Je ne sais pas comment on est arrivés là, Nina, je ne sais pas...

Les ombres sur les murs crème de la caravane dessinent des formes bizarres, les voix de la télévision m'entraînent dans une histoire de bête de foire, je bouche de la main l'oreille qui n'est pas collée au matelas. Celle qui entend tout. Étienne se retourne en emportant une partie de la couette avec lui, tirant dessus, il en rajoute de plus belle.

— T'arrête, ou je lâche un pet ! dis-je.

— C'est ça ! lance Étienne l'air goguenard.

Cette fois-ci, ne me démontant pas, je lui fais un beau pet des familles, Étienne retient un hurlement, hilare.

— Ah ! T'es vraiment dégueu, toi ! se plaint-il avec satisfaction, tout en montant et descendant la couette de ses pieds joints pour ventiler le lit. Étienne a le visage enjoué, je colle mes pieds au plafond pendant l'aération. Et je recommence, alors c'est le fou rire pour lui et moi. Nous n'avions pas ri autant avec mon frère depuis longtemps.

La respiration régulière, il ne bouge plus. Moi aussi je m'endors plus facilement quand c'est mon tour côté hublot. Protégée contre le mur, je peux alors observer le ciel, les ombres et les étoiles, bien au chaud sous les draps. Le film est terminé, papa va pouvoir se coucher. Il doit être très tard, je m'appuie sur le coude pour me rehausser un peu, quelques lueurs de la ville brillent au loin. Nuit noire. Ça n'est sûrement pas agréable dehors à cette heure-ci. Je n'entends plus rien, pourtant papa n'a pas éteint la lumière. Ma natte pend dans le vide lorsque je me penche côté échelle, mais papa ne me voit pas. Il est installé sur la banquette à fleurs et n'a pas encore replié la table. Il tient dans la main un verre de vin, la bouteille est posée face à lui. Il boit une petite gorgée puis reste ainsi, les yeux dans le vide. D'ici, je remarque qu'il a moins de cheveux sur la tête, la peau du crâne semble rose et brillante comme celle d'un bébé. Papa se ressert un deuxième verre, ses gestes sont très lents. Je ne devrais pas l'observer sans qu'il le sache, je ne peux pas m'en empêcher. Sa chemise est froissée, il porte celle d'hier, maman n'aurait jamais permis cela car elle repasse très bien et tout est propre chez nous. Le travail de maman, c'est de s'occuper de notre famille à la maison. Les mères de mes camarades ont un métier. Papa traîne pour terminer son verre, j'ai peur qu'il en reprenne un troisième, ce serait trop. Je reste à mon poste de surveillante, comme les maîtres-nageurs avec leurs lunettes de soleil sur des chaises à échelle. Ils ont l'œil sur tout. Soudain il soupire, et ce n'est plus mon papa, mais un petit garçon seul et perdu. Je voudrais lui envoyer mes meilleures pensées, sincère affection, félicitations pour cet heureux événement, *happy birthday*, toutes ces phrases merveilleuses écrites sur les cartes de vœux aux caisses du supermarché. J'adore tourner le présentoir et les lire chacune leur tour, rêvant que l'on m'en envoie une un jour. Papa se lève, laisse le verre dans l'évier, range la bouteille au frais. Il replie la table, tire sur la banquette, son lit est prêt. Je bondis en arrière, m'a-t-il vue ? Je me recouche rapidement, le cœur battant de peur qu'il m'ait aperçue ; le ventre tendu par le désir qu'il monte dire une dernière fois bonne nuit. L'échelle ne grince pas, la lumière s'éteint. La machine enserre mes côtes.

14

Nous jouons sur le terrain, une femme en robe apparaît, ses clés de voiture à la main. Elle entre dans la caravane, papa referme rapidement derrière elle et nous demande d'aller nous amuser plus loin. Il ne nous a pas prévenus que quelqu'un viendrait. J'ai un peu honte qu'une invitée voie comment on est installés. Étienne reste immobile, l'espace d'un instant son visage exprime la surprise, puis un sourire entendu laisse place à la lueur dans ses yeux. C'est cela qui me fait peur, cette cruauté dans son regard avant l'orage, cette envie qu'il se passe quelque chose de terrible.

— Tu la connais ?

Le regard rivé sur la porte, Étienne ne m'écoute pas.

— Hein ? dis-je.

— T'es bête ou quoi ? T'as pas compris ? s'exclame-t-il.

Je hausse les épaules et préfère ne pas répondre quand mon frère me parle de cette façon.

— Ils vont baiser ! T'es vraiment idiote, toi.

Étienne enfourche aussitôt son vélo et dessine de grands cercles autour de la caravane. Je monte sur le mien et talonne mon frère, il accélère puis ralentit ; alors que j'arrive presque à sa hauteur, il prend de la vitesse, me distance de nouveau. Je commence à avoir la tête qui tourne, mais au bout d'un sixième tour Étienne s'en va subitement. Je le suis, jette un œil derrière mon épaule, la caravane devient toute petite.

Nous n'avons pas le droit. C'est une immense pente. Seuls sur la route bordée d'arbres aux troncs solides, nous allons vite, nos pieds restent accrochés aux pédales, nos mains s'agrippent au guidon. Rien ne me retient plus et la machine à jambon se desserre, le vent aère mon dos qui s'allège, ma natte s'est défaite et mes cheveux claquent comme une voile de bateau. Quelques véhicules ralentissent à notre passage, nous doublent, papa ne serait pas content de nous savoir là. Étienne pousse un long cri qui accompagne la descente, un hurlement de joie, de guerre, de libération qui me rappelle lorsque nous jouions aux aventuriers. L'époque où il était gentil, et où tout ce qu'il faisait m'impressionnait. Mes yeux restent fixés sur ses épaules qui soulignent chaque défaut de la route en petits bonds irréguliers.

— Étienne ! Étienne !

Pas de réponse. Pourtant il doit m'entendre. L'inquiétude me durcit de l'intérieur, j'ai l'impression d'être un bloc de béton sur roulettes.

— Étienne !

De sa main droite, sans se retourner, il montre la direction et bifurque sur un chemin. J'ai juste le temps de tourner à mon tour et de réaliser que mes roues s'engagent trop rapidement entre les arbres. Arrêt brutal, nouveau cri de victoire d'Étienne, ma main se referme brusquement sur le frein, mon cœur se soulève. Je perçois de façon nette et précise chaque détail de la chute. Mes doigts quittent le plastique collant des poignées, ma jambe frappe le métal froid de la fourche, un courant d'air passe le long de mes oreilles, mon corps s'envole. J'ai le temps de me demander si je vais mourir, si ma vie d'enfant va s'arrêter là. Passée par-dessus le guidon, je retombe lourdement au sol. C'est certain, je vais rester vivante.

Mon genou saigne, j'ai mal, expulse un raclement du fond de ma gorge. Mon frère se précipite vers moi :

— Ça va ? Nina, ça va ?

Mon frère me regarde, éberlué, pâle. M'aime-t-il ?

— Le vol plané, toi ! J'avoue, tu m'as fait peur ! dit-il en s'accroupissant à ma hauteur, troublé. Viens, on rentre à la caravane, ajoute-t-il.

Étienne inspecte mon vélo accidenté.

— Roue voilée, on le laisse là, il nous ralentirait trop, conclut-il d'une voix un peu automatique.

Désignant mollement mon genou dégoulinant de sang rouge vif :

— Tu gratteras pas la croûte, hein ?

— Ce vol plané ! siffle-t-il alors que nous longeons le bord de route en sens inverse.

Le ciel a changé, il est passé d'un bleu pâle taché de blanc à un gris éclatant qui enveloppe tout et fait briller les arbres comme s'il avait plu. Quelques coups de klaxons marquent notre présence, des appels de phares signalent le danger. Je voudrais être déjà arrivée. Étienne s'appuie sur son vélo pour se donner du courage, je boitille derrière. Soudain son visage s'illumine :

— Viens, on sera pris en stop !

— On n'a pas le droit ! Papa va se mettre en colère sinon !

Brisé dans son élan, Étienne me jette un œil mauvais, ses épaules s'affaissent. Ça se durcit de nouveau à l'intérieur de moi, la machine à jambon a repris sa place. Un long coup de klaxon nous fait reculer d'un seul tenant dans le fossé, je sens le contact d'arbustes dans mon dos, ils griffent mes cuisses nues, mes bras.

— Putain, sont cons les gens ! lance Étienne.

Nous enjambons le talus en évitant les orties, Étienne camoufle avec soin son vélo derrière un tronc épais à l'écorce noire. Le jour de Noël, une boule dorée accrochée à chaque poignée, mon frère était fier d'avoir reçu un si beau cadeau des parents. Je me retourne une dernière fois vers le vélo abandonné, on dirait un intrus facile à trouver dans une image.

On ne savait pas qu'il y avait une forêt près de notre caravane. Nous marchons sans parler l'un à côté de l'autre. Les arbres forment un rideau entre nous et la route, le son des véhicules s'éloigne peu à peu, devient feutré. Quelques branches mortes atteignent le ciel alors qu'au sol le printemps apparaît, frais, riche. Nous entendons le bois et les feuilles craquer sous nos pieds. Le sang séché commence à constituer une petite boule marron, je me suis habituée à la sensation désagréable que provoque la pliure du genou sur la plaie.

— Pourquoi on suit pas la route ? dis-je.

— Parce que c'est plus intelligent de prendre un vrai chemin. Tu préfères marcher dans les ronces peut-être ?

Je rougis sans rien ajouter, moi, je ne sais pas ce qu'il faut faire. Sous les arbres, j'ai l'impression que quelqu'un a éteint la lumière, une teinte foncée écrase le paysage. Étienne ne gigote plus, la forêt nous impose son rythme.

Je suis fatiguée, le moment du goûter est sûrement dépassé. Depuis combien de temps sommes-nous partis ? Est-ce que la femme à la robe est toujours dans la caravane ? Est-ce que papa l'embrasse sur la bouche ?

Je m'accroupis derrière un large tronc, Étienne se détourne vers un arbre sur le côté, et nous mélangeons nos pipis que la terre absorbe aussitôt.

Nos pieds balaient bruyamment un tapis de feuilles sèches. Nous n'entendons plus les voitures et la forêt est devenue davantage présente, touffue. Des sapins adolescents sont protégés par de plus grands arbres qui les ombragent, et le jour ne pénètre plus jusqu'aux petits. C'est sombre ici.

Mon frère n'a jamais été aussi abattu. Ses yeux sont vides, sans lueur. Je préférerais presque la voir apparaître.

— T'as faim, toi ?

— Ça va, répond Étienne dans un souffle.

— On est bientôt arrivés ?

Étienne grogne en guise de réponse. Il fouille dans sa poche, trouve un bonbon de Kalil, le brise d'un coup de dent et me tend l'autre moitié. Menthe, ce n'est pas mon préféré, mais le goût familier qui se diffuse sous la langue envahit la totalité de ma bouche, enduit mes dents d'une substance collante qui me calme, et me donne soif aussi.

Je surveille le ciel, il a pris la couleur de la terre mouillée par endroits, le feuillage et les arbres chuchotent. Je ne sais pas si notre chemin est encore un chemin, au fur et à mesure que nous avançons la forêt semble le manger davantage. Nous n'avons rencontré personne. Pas besoin de nous concerter, tous deux épuisés nous nous asseyons par terre. Le sol est humide, nous nous installons sur un tronc fendu par la foudre ; il dévoile d'un air désolé ses membres arrachés, sa carcasse abattue, à l'intérieur de laquelle subsistent quelques lianes blanches salies de noir profond, de gris tirant vers le roux, courageusement entrelacées les unes aux autres. Je regarde ailleurs.

— Tu crois que papa va nous disputer ? dis-je avec inquiétude.

— Il va gueuler, ouais.

— On n'a pas fait exprès !

Étienne laboure avec un bâton une fourmilière à ses pieds, le grouillement qui en résulte me dégoûte.

— Il sera quand même content de nous retrouver, dis-je encore.

— Tu parles ! Il est avec sa pute.

Je voudrais être auprès de papa, qu'il ait sorti la table pliante, l'ait installée sur l'herbe devant la caravane, que l'on mange dehors en observant le soleil se coucher, puis décide du film à regarder à l'intérieur sur la banquette à fleurs.

Devant nous cette colline, dans un regain d'énergie Étienne et moi escaladons à quatre pattes, comme des animaux. De là-haut on repérera bien où se trouve le terrain. Étienne arrive le premier. Nous contemplons l'étendue des champs en puzzle qui absorbent un soleil rouge ; rien ne bouge, ni homme, ni voiture. La forêt reprend plus loin, aucun passage ne nous relie au reste du monde. Nous sommes perdus. Les yeux de mon frère s'enfoncent un peu plus dans son visage. « À quoi bon ? » semblent-ils dire. Si Étienne abandonne, je n'ai plus rien. C'est trop fort alors je ne pleure pas. Comme tout à l'heure pendant la chute, j'ai le temps de penser à ce qui arrive. Est-ce que nous allons passer la nuit dans les bois ? Quelqu'un est-il à notre recherche ? Et si une bête nous attaquait ? Nous tuait ? Je me laisse tomber au sol, nous sommes seuls. Je suis trop petite pour cela. Ça sent l'humidité, une odeur de trous de pluie dans la terre, d'écorce trempée ; une odeur d'ailleurs. La main d'Étienne me tire et m'oblige à me lever.

— Viens, prouteuse.

Nous retournons sur nos pas puisqu'il faut bien aller quelque part. Le jour disparaît. J'ai mal aux pieds, le froid les emprisonne et vient mordre ma plaie au genou, monte jusqu'à mes cuisses qu'il saisit ; je geins dans ma tête pour faire une musique. Mon corps devenu trop raide n'obéit plus, tremble par moments, s'arrête puis continue. Nous ralentissons en pénétrant l'obscurité, la mousse nous guide, son vert clair semble contenir une lumière intérieure. Elle paraît faite de velours, mais un peu plus loin sa texture rappelle celle d'une éponge de mer qui respire profondément. Un sanglot s'échappe brutalement d'Étienne, j'ai cru que c'était un vomi, il lâche ma main. Je la reprends. Nous avançons quand même pour essayer de nous en sortir, ce serait pire de rester là.

— Tu vas voir, on va le retrouver ton vélo, dis-je.

La forêt est plongée dans un brouillard noir, chaque minute intensifie notre angoisse. Une forte odeur de feuillage mouillé infiltre mes vêtements, mes cheveux poisseux se plaquent à mon front, l'air de la nuit ne sèche pas ma figure trempée de sueur ; je sursaute, d'un battement d'ailes un oiseau s'élance en direction du ciel. J'avance sans me plaindre, tout mouvement est douloureux. Soudain son image s'impose à moi. Maman dans son peignoir fleuri. Le visage doux, en attente. De quoi ? Est-elle au courant que nous avons disparu ?

— Maman va être furax après papa, murmure Étienne au même moment.

Plus besoin de répondre, nous partageons tout.

Étienne bute contre quelque chose, s'affale de tout son long. Sa chute provoque un son mat, un grognement rauque de mon frère. Il se relève en titubant, je n'ai pas crié. Tremblante de nouveau, je le supplie du regard, j'ai besoin qu'il tienne bon. Mon frère attrape ma main. Je retrouve le contact de sa peau éprouvé lorsque nous dormons ensemble, je m'apaise, mais l'anxiété reste là. Rien ne peut la chasser. Agrippée à lui, je veux rester collée, un immense amour pour mon frère jaillit. Un torrent sans direction ni limite. Je voudrais tout lui donner, ma vie s'il le fallait. Et lui, m'aime-t-il un peu ?

Nous écarquillons les yeux, écoutons des bruits que nous ne savons pas identifier et qui nous effraient ; des craquements, des froissements, un chuintement. Nous n'avons plus de force. Ça refuse d'avancer en moi. Je me couche en chien de fusil. Le sol rend toute l'eau accumulée, sature l'air d'effluves de terre détrempée, de fougère forte, de bois pourri. Il se peut que j'entende la circulation secrète monter des racines à la cime des arbres. Étienne s'allonge contre moi, la respiration sifflante, l'haleine sèche. Une brise glacée nous traverse. Nos corps sont lourds, raides, comprimés l'un contre l'autre comme des sacs de farine reliés par un nœud coulant. La nuit ne doit pas nous séparer. Mon frère tressaille jusque dans mes os. Il sent le pipi. La machine à jambon ne s'arrête plus, m'empêche de respirer. Elle veut me couper en tranches, n'attendait que ça. Je suis prête. Une petite pluie fine envahit la forêt, nous lèche et nous rassemble, on ne résiste plus. La présence muette des arbres est si forte, ils savent que nous sommes là, attendent. Les gouttes martèlent le feuillage, rampent jusqu'à nous, crépitent au creux de nos oreilles ; la forêt nous avale. Étienne et moi unissons le peu de chaleur nous restant, qui prouve que nos organes sont encore en vie. Je serre la main de mon frère, il étreint la mienne. Quelque chose en moi s'enfonce lentement dans la terre.

15

Je suis ramenée à la surface, ça se soulève alors que je voudrais dormir et rester lourde.

— Mon vélo ! dit une voix qui ressemble à celle d'Étienne.

Un faisceau lumineux déchire la nuit, mon frère paraît tout petit porté dans les bras d'un homme. Les yeux exorbités, il tend une main vers son vélo resté contre le tronc d'arbre. Quelqu'un arrive dans la pénombre et l'emporte en pressant le pas. Je suis secouée, un uniforme me tient, m'arrache à la forêt.

Nous sommes à l'arrière d'une voiture de police, une dame nous couvre d'un tissu argenté, nous donne un biscuit, à boire, nous parle, la lumière me fait mal aux yeux. Tout m'agresse et me revient. Brutalement.

À l'hôpital papa est là, il est ému et nous serre contre lui, blême, tendu, soulagé de nous tenir entre ses bras. Maman surgit de l'ascenseur, le visage ravagé, elle gifle papa, qui ne bouge pas. Il ferme les yeux. Moi aussi.

Il y a « une audience » avec un juge et un avocat. « Défaut de surveillance grave. » Nous sommes « en risque de danger » lorsque nous rendons visite à notre père dans une caravane où il reçoit en notre présence une femme « dans l'intention d'avoir des relations sexuelles ».

« Non, nous ne voulons plus le voir. »

J'ai fait comme Étienne. J'ai dit comme Étienne. Je voulais que l'on soit encore unis la nuit en forêt, fondus l'un dans l'autre par la peur et l'épuisement, cette sensation d'amour enfin, un frère et une sœur. Je n'ai pas pensé que cela me séparerait de papa. Les mots sont dangereux. Nous cessons de le voir le week-end.

Maman me demande de ne pas lui adresser la parole s'il se présente à l'école. Il « n'a plus l'autorisation » de venir nous chercher, la directrice est au courant. « Pour le moment, c'est comme ça », « le juge prend les décisions ». J'entends plein de phrases qui ne signifient rien.

Ça me fait peur. Je pensais que mes parents décidaient de tout, qu'ils étaient des personnes importantes, puissantes. Je nous vois maintenant comme des cailloux blancs au fond d'une rivière à l'eau claire, fragiles, nous restons ensemble ou bien sommes séparés, au gré des caprices du courant.

Je me suis réveillée cette nuit, le ventre labouré par l'angoisse d'imaginer papa seul dans la caravane. Est-ce qu'il va quand même chercher une pizza ? Est-ce que Kalil, en rendant la monnaie, lui donne deux bonbons : « Tiens, c'est pour tes enfants. T'inquiète pas tu vas les retrouver, c'est sûr. » Peut-être papa mange-t-il sa pizza au camion, ce serait trop dur de déplier la table de la caravane, s'asseoir sans nous sur la banquette à fleurs, laisser la porte ouverte en contemplant le soleil couchant, un verre de vin face à lui. Je préfère l'imaginer racontant une blague à Jean-Claude, son gobelet de café à la main, pendant que Kalil, la jambe repliée contre la tôle, fume sa cigarette. Kalil, monte le son pour mon papa s'il te plaît.

16

Je sais que papa est là, j'ai cette boule au ventre qui fait mal. La cloche a sonné, les parents des enfants attendent derrière la grille. Étienne arrive en trombe, tel un animal sauvage maintenu trop longtemps en cage. Il me donne son cartable à porter.

Je l'ai repéré entre deux mères qui discutent, papa vient presque tous les jours nous observer de loin.

— Regarde, il y a l'autre con là-bas ! dit Étienne en le désignant du doigt.

La boule prend toute la place à l'intérieur de mon corps, elle essaierait presque de m'étouffer. Avant, papa ne pouvait jamais venir nous chercher, il n'avait pas le temps avec son travail. Il s'approche de la grille, je le vois bien maintenant, il nous salue tristement de la main, comme un prisonnier derrière les barreaux de son cachot. Étienne s'agite d'un pied sur l'autre, furieux, excité. J'aimerais me précipiter vers papa, qu'il me porte d'un seul bras, facile, et rentrer à la maison.

— Maman va encore être furax !

Étienne paraît content en disant cela.

Presque toutes les familles se sont éloignées en un flot ininterrompu une fois le grand portail ouvert ; un cartable de chaque côté, je ne sais pas où aller. Étienne a son air mauvais, il s'immobilise une seconde, me retire ses affaires des mains :

— Tu cours ! On rentre direct !

Au passage il bouscule papa et s'enfuit en courant. Je reste paralysée.

— Bonjour, Nina. Je te raccompagne, ma chérie.

La boule occupe ma gorge, impossible de prononcer le moindre mot. Au loin, Étienne se retourne, fouillant l'espace du regard, je devine la lueur dans ses yeux lorsqu'il nous lance un bras d'honneur. Rapide, précis. C'est comme la gifle de papa dans la voiture, je me tais.

Papa me parle très doucement, le visage amaigri, son sourire creuse ses joues. Je n'ose pas le regarder pendant qu'il prend délicatement mon cartable, en découvre le poids, le soulevant d'un léger mouvement de haut en bas plusieurs fois de suite. Je me tiens toute droite, la tête ailleurs ; je n'aurais pas remarqué papa qui marche à côté de moi, je n'aurais pas été affolée et ravie, je ne sentirais rien, puisque nous n'avons pas le droit.

« Pas d'accord de ne plus vous voir le week-end ! », « rien fait de mal », « je ne suis pas méchant », « désolé de ce qui est arrivé, Nina ». Trop de phrases. Ses mots m'arrachent la peau.

Au rouge piéton je m'arrête car papa est là. Avec Étienne, lorsqu'il n'y a pas de voiture, on fonce. Si papa me prenait la main tout de suite, j'accepterais. Au moins quelques minutes. Je ralentis le pas pour que ça dure le plus possible. Cinq bandes blanches nous séparent du trottoir d'en face. C'est sûr, si je pose uniquement les pieds sur les bandes et si j'évite la route, il va me prendre la main. Une-deux-trois-quatre-cinq. Nous continuons à avancer ensemble, je sors la main de ma poche pour que papa la remarque enfin. C'est obligatoire, en passant devant la vitrine de la boulangerie, il va me prendre la main. L'enseigne avec le panier rempli de pains se rapproche peu à peu. Nous l'avons dépassée. Rien. Mon bras pend dans le vide. Au loin maman se hâte de venir à ma rencontre, je cherche désespérément le regard de papa. Il n'est plus là. Disparu, avec mon cartable. Pas grave, moi aussi j'ai disparu. J'ai laissé cette nuit-là la petite fille dans la forêt.

17

Je sens le plastique dur contre ma tempe.

— Debout ou t'es morte ! crie Étienne le fusil en main.

— Arrête !... Pourquoi c'est pas maman qui me réveille ?

— Elle dort ! dit Étienne en appuyant sur la gâchette.

Un jet d'eau vient mouiller mes cheveux.

— Arrête !

Étienne marche à reculons tout en continuant à me viser, puis disparaît d'un jeu de jambes de cow-boy.

J'hésite, d'habitude maman choisit elle-même mes vêtements le matin. J'entends au loin Étienne refermer brutalement le frigo, se verser un bol de céréales. Je dois parfois mettre les vieilles affaires de mon frère ; les bottes de pluie, ça va encore, mais je déteste enfiler ses pantalons usés. Maman me recommande de les porter le week-end ou pendant les vacances. Étienne a toujours des affaires neuves, quoi qu'il fasse, et n'en prend même pas soin ; quand il se traîne par terre je chuchote « Vas-y, continue », c'est toujours un tee-shirt troué qui n'arrivera pas jusqu'à mon armoire.

— Maman, on a école ce matin ! Maman !, appelle Étienne depuis la cuisine.

J'entre mal habillée dans la chambre de maman, elle se redresse péniblement, ouvre un œil lourd, porte une main pâteuse à son réveil, constate l'heure avec effroi.

— J'accompagne Nina, on va courir ! dit Étienne.

Pas envie de me dépêcher, et j'ai faim. Lui, le gros malin, il a pris le temps de manger d'abord.

En rentrant de l'école, maman nous envoie chez Bernier. L'épicier a l'habitude, depuis la séparation il nous voit chaque semaine, marque tout sur son carnet, encaisse le chèque à la fin du mois. Étienne et moi portons chacun un carton, c'est lourd, je n'aime pas quand mon frère me traite de « tapette ». Parfois, la fille de l'épicier, Fanny, aide en boutique. Elle est dans les meilleures de sa classe, ses parents vantent ses bonnes « aptitudes scolaires ».

Bernier accepte du bout des doigts la liste d'Étienne, prend son temps pour lire. Habituellement il se met en route rapidement, ses mains savent où aller chercher les articles pendant que ses yeux déchiffrent l'écriture recroquevillée de maman. Il lève dans notre direction un œil de dame de cantine ne voulant pas resservir de bolognaise. Notre mère n'a pas payé le mois dernier, si elle ne règle pas dans la journée « la maison ne fera plus crédit ». J'ai chaud, je suis rouge et transpire.

Nous repartons tout de même avec une cagette pleine. J'ai honte. Et si Fanny l'apprenait, répétait à toute l'école que l'on « mange à crédit » ? Nous ne parlons pas avec Étienne, c'est trop grave. Est-ce que c'est ça, être pauvre ? Je n'ose pas poser la question à mon frère, il se sent mal lui aussi. Peut-être est-il déjà au courant, maman lui raconte plus de choses qu'à moi. Voilà pourquoi mes oreilles traînent toujours, je veux savoir moi aussi !

— Ce fumier, il ne nous reverra plus ! On ira ailleurs !

Même Étienne est surpris par la colère de maman, par ces mots dans sa bouche. Vexée, elle sort les courses, le front plissé.

— Pourquoi tu demandes pas à papa ? dis-je prudemment.

— Sûrement pas ! siffle-t-elle sèchement entre ses dents.

Maintenant maman a les larmes aux yeux, et c'est moi, stupidement, qui ai déclenché cela en pensant à papa. Nous l'aidons à ranger. En deux minutes tout est terminé, maman se réinstalle sur son lit en ajustant l'oreiller. Nous nous asseyons à côté d'elle sans bouger.

La fin de journée passe lentement, nous commençons les devoirs dans son lit, puis les aiguilles du réveil indiquent l'heure du brunch.

J'ai cette idée-là, écrire à papa. Dans ma lettre je lui demande de venir. Et c'est tout. Je dessine un cœur et un bouquet de fleurs, espérant que ça lui plaira, signé : Nina, ta fille qui t'aime. Maman mettra l'adresse et un timbre. Elle m'envoie au lit après un câlin, il est déjà tard. Peut-être que papa pensera à m'envoyer mon renard resté dans la caravane ?

Nous partageons la pizza à l'ananas avec Kalil, il sourit en enfournant un gros morceau dans sa bouche. L'allez-graisse me remplit. Puis nous sommes sur le toit de la caravane en marche et rions comme des dingues, pendant que papa conduit le véhicule qui s'est transformé en une sorte de camion, avec un volant et un frein à main géant. Papa, concentré sur la route, a l'air soucieux. Là-haut, assis côte à côte, Kalil et moi roulons vite et le paysage défile, champs, villages, clochers d'église. Ma natte vole au vent, Kalil la défait complètement. En débardeur blanc, il n'a pas froid du tout. Mais le camion va de plus en plus vite et je commence à avoir peur. Kalil vient de tomber très doucement sur la chaussée, une plume échappée d'un duvet. Papa n'est plus là, maintenant Étienne conduit. Il peine à activer le frein à main devenu trop grand pour lui.

Je me réveille brusquement, alors que toutes les images sont claires, d'une belle limpidité et les couleurs éclatantes. Il faudrait que mon rêve revienne en arrière, exactement lorsque Kalil était sur le toit de la caravane. En y repensant, des palpitations se rejoignent en un point central à l'intérieur de mon ventre, une joie à la fois puissante, moelleuse et torturante, entêtante. Je voudrais guider l'histoire à ma façon, mais suis trop éveillée maintenant pour réussir quoi que ce soit. Quelle soif !

Je récupère un tee-shirt déjà porté par maman – caché hier soir sous mon oreiller pour sortir de sous la couette – l'enfile par-dessus mon pyjama. C'est pénible de me lever la nuit, mais bien pire de rester tapie au lit. Je me rendors plus facilement en bougeant un peu, je vais machinalement dans la cuisine, ouvre le frigo, m'installe devant un bol de céréales, l'arrose de lait froid. J'ai l'impression que la mastication des flocons au chocolat fait un bruit assourdissant, quelqu'un entendrait mes dents broyer ces délices jusqu'au bout de l'appartement. La bouche pleine, j'en garde un instant le mélange, tends l'oreille, rien. Mon repas presque terminé, arrive enfin ma récompense, ce glapissement tendre « c'est moi-je suis là pour toi-pour toi-pour toi ». On ne me laisse plus seule. La dernière goutte de lait est devenue très sucrée et d'une belle teinte café.

En passant devant la chambre d'Étienne j'entrouvre la porte, il est bien là, alors je peux entrer chez maman. Je m'immobilise un instant, effrayée et heureuse, deux silhouettes sont blotties dans le lit. Papa ? Je porte mes mains à ma bouche, comme une dame jalouse dans un film qui voudrait s'empêcher de crier. Il fait sombre, mes yeux s'habituent peu à peu à la pénombre. Non, il n'y a que maman couchée là. À la fois soulagée et abattue, je n'ai plus le courage de repartir.

Maman dort paisiblement grâce à cette boîte de médicaments sur la table de chevet. Elle affirme que ce n'est pas pour les enfants, quand je serai grande ce sera inutile de demander l'autorisation. J'adore écouter sa respiration, si belle, douce, une fleur de coton qui monte vers le ciel puis revient à terre. Je caresse ses longs cheveux blond foncé, les miens sont identiques à ceux d'Étienne et de papa, un noir bête. J'enroule une mèche autour de mes doigts, maman ne sent rien de toute façon, puis la mets au-dessus de ma bouche pour former une moustache de capitaine, faire de grands gestes silencieux, donner des ordres. C'est moi, l'homme de la maison.

Je reviens de la salle de bains avec les ciseaux, cette fois j'ai peur que maman se réveille. Avec l'approche en crabe, je sens parfaitement le petit espace entre les lattes du parquet qui crée un vide sous la plante des pieds. Je traque le moindre craquement, m'arrête un peu puis reprends mon chemin jusqu'au lit, à ses épaules, son cou. Je tiens fermement une mèche entre le pouce et l'index, la coupe délicatement.

Partie III

L'absence

18

« Mon papa chéri, j'espère que tu vas bien, moi, ça va », « Mon papa d'amour, j'espère que tu vas bien », « Mon papa que j'aime, j'espère que... », « Cher papa », « Bonjour, papa », « Salut ».

Il n'a jamais répondu à mes lettres. Sont-elles arrivées jusqu'à lui ? Il a oublié la date de mon anniversaire, oublié que j'existais, oublié qu'il était mon père.

Je suis passée en CE2, en CM1, et c'est maintenant en CM2 que mes résultats scolaires s'améliorent ; Solène y est pour quelque chose.

Maman se ronge les sangs, Étienne pique des crises, l'autre jour il n'est pas allé au collège et a insulté le CPE qui lui avait demandé de présenter son carnet de correspondance.

Je reste discrète en écoutant à la porte.

— Pourquoi tu n'es pas allé en cours ?

— J'aime pas.

— Mais on ne te demande pas d'aimer, Étienne. Qu'est-ce qui t'arrive ?

— Rien. J'aime pas le collège.

Derrière la porte maman soupire, elle ne sait pas quoi dire.

— Si tu continues tu vas être renvoyé, Étienne, tu te rends compte ?

C'est le bon moment pour entrer dans la cuisine prendre un verre d'eau, au cas où je pourrais servir à quelque chose. Dans les yeux d'Étienne, la lueur d'excitation pétille, et moi aussi j'ai peur de lui quand il est comme ça. Prêt à tout. Peur de rien.

Une lettre du collège est dépliée sur la table, maman ouvre le carnet, pâlit en tournant les pages.

— Mais, Étienne… Tu as signé à ma place !

Étienne ricane devant tous ces mots d'absence, de maladie, dont il est l'auteur.

Maman repose le stylo qu'elle avait en main, ne voulant pas signer l'avertissement du conseil de discipline. Elle ne comprend pas pourquoi ils en sont arrivés là. Étienne récupère son stylo, sans ciller imite d'un geste ostentatoire la signature de maman, puis repart avec le carnet de correspondance tenu négligemment du bout des doigts. Maman s'assoit d'un bloc sur le tabouret de la cuisine, elle a les larmes aux yeux. Je ne sais pas comment la consoler.

Maman accepte brosse et élastiques, nous nous installons dans le salon. Elle démêle lentement mes cheveux et ses mains s'apaisent peu à peu, se détendent enfin. Nous ne parlons pas. Elle termine par une natte très serrée qui restera encore belle quand je me lèverai seule demain pour l'école. Maman se doute-t-elle que je peux me débrouiller moi-même ? A-t-elle compris que je préférais – à cette coiffure de petite fille – la queue-de-cheval haute que je fais après le petit déjeuner ? Lissant le résultat du plat de la main, elle y dépose d'autorité un baiser, satisfaite. Un sourire vient pointer au coin de ses lèvres et me réchauffe. Étienne est dans sa chambre, j'espère qu'il n'en sortira pas.

19

Je flâne dans les rayons du supermarché sans savoir que chercher, j'ai peu d'argent à dépenser mais des envies de tout. En décembre, mes grands-parents m'envoient toujours des billets pliés dans une carte de Noël, et j'essaie de garder un peu de cette cagnotte jusqu'à mon anniversaire, où elle sera de nouveau alimentée par eux. Maman reçoit des chèques de leur part, mais elle n'a pas assez pour terminer le mois. Je ne demande jamais rien, ne lui parle pas de mes désirs de vêtements, parfum, brillant à lèvres à la fraise, décorations colorées, petites boîtes de rangement, draps et oreillers assortis. Dommage, mais j'aime mieux cela que sentir maman embarrassée, malheureuse de ne pouvoir m'offrir toutes ces tentations que j'espère me payer un jour.

Chaque soir, vers le vingt du mois, maman s'installe à la table ronde sous le plafonnier du salon ; je la trouve le dos tourné, légèrement courbée sur ses additions et soustractions, les épaules offertes à l'ampoule crue au-dessus de la nuque. « Plus que quarante euros » a-t-elle chuchoté l'autre jour.

Avec Solène, nous avons le trac en entrant dans la grande maison de la presse du centre ville, c'est le paradis cet endroit. En général nous tournons autour des livres jeunesse, puis très vite atterrissons au fond du magasin, rayon fournitures scolaires. Une étagère nous attire particulièrement, celle des gommes fantaisie et crayons qui sentent bon. Il y a une pochette de six mini-feutres aux fruits, nous en testons les odeurs, je lui fais passer l'ananas pendant qu'elle renifle la fraise. Et ces gommes en forme de citron, de Mickey, de chat. Et cette trousse en hamburger, bouteille de Coca-Cola, tablette de chocolat ! On essaie de ne pas toucher afin d'éviter d'attirer l'attention. Tout est hors de prix, trop beau pour Solène et moi.

Nous courons dans la rue, les joues rouges, l'adrénaline circule à grande vitesse dans nos veines. Le hall de sa résidence est désert, Solène prend au passage le courrier dans la boîte aux lettres, nous montons les marches quatre à quatre. Il faut enlever les chaussures à l'entrée et les aligner contre le mur sans que le talon touche la plinthe, pour ne pas la salir. L'appartement est propre et parfaitement rangé, comme à la maison, mais chez Solène j'ai toujours peur de déplacer par mégarde un objet qui ne devrait pas l'être, et provoquer la colère de sa mère. D'un coup d'œil, mon amie vérifie que le blouson de cuir de Pauline est bien sur le revers du fauteuil Louis XV, le bulldog gris enfermé sur le balcon nous regarde passer d'un air soupçonneux. Nous filons dans la chambre de Solène et, soulagées bien qu'encore fébriles, éparpillons notre butin sur son lit.

Nous partageons la pochette des feutres en deux, elle négocie pour celui à la fraise qui me plaît aussi, mais je ne résiste jamais longtemps avec Solène, c'est ma meilleure amie et la première de la classe. À la place je m'offre la gomme en forme de chat, elle récupère la colle en pot dans laquelle nous fourrons notre nez jusqu'à nous soûler. Le plus beau, ce crayon de papier qui fait la moitié de ma main et au bout duquel pend une médaille avec une clochette. Nous ne l'attribuons à personne aujourd'hui,

Solène et moi attendrons d'avoir un trésor d'une valeur similaire avant de choisir. Nous nous arrêtons toujours sur les formats mini, plus faciles à glisser dans nos poches.

Nous cachons nos possessions et Solène accepte de jouer un air de piano, celui qu'elle travaille actuellement avec son professeur ; on dirait du chinois ou des mathématiques ces signes sur la feuille, elle peut lire une autre langue. Je m'assois derrière elle en tailleur sur le lit. La mélodie m'emporte, chaque note, même hésitante parfois, vient chercher en moi cette chose qui voudrait vivre. Une bête, grouillante, désordonnée, chaude. Les doigts de Solène se soulèvent avec magie sur les touches, laissant deviner tout cet intérieur vivant « qu'il faut accorder » précise-t-elle. J'aimerais avoir un tel objet à la maison. C'est trop cher pour maman et moi. Quand la musique s'arrête, la bête encore chaude se rétracte et sommeille. Solène a ce pouvoir-là.

Elle vient d'arriver cette année dans l'école, sa présence a changé mes journées, nous sommes deux désormais. Elle est moins grande en taille et plus ronde. Tout est soigné chez elle, harmonieux : ses cheveux parfaitement peignés tombent à la base du cou, ses taches de rousseur en rappellent la teinte, ses yeux sont noisette et sa bouche naturellement rose pétale. Poignets, joues, bras, mollets et cuisses sont dodus, cela lui va bien. Elle est plus jolie que moi. Solène prétend que j'ai de beaux cheveux, moi, je ne trouve pas.

Nous entendons la chasse d'eau, la grand-mère retourner à petits pas sous son édredon. D'un bond alerte Solène la talonne.

— Mamie, faut prendre tes médicaments, dit-elle en l'accompagnant dans sa chambre.

Elle l'aide à se rallonger sur le lit, le dos calé contre deux bons oreillers. Sa mamie paraît contente de la voir, lui caresse la joue avec gentillesse, l'air de quelqu'un qui ne se soucie pas de l'heure ou du temps qu'il fait, ni même de la composition des repas. Elle a ce regard aimant et doux sur sa petite-fille, intense.

— Je reviens, mamie.

La vieille femme suit des yeux Solène, son visage retrouve son indifférence, je ne sais jamais si elle me reconnaît. La télévision est allumée, le son s'échappe du casque abandonné sur le côté. Solène réapparaît avec un verre d'eau et une pilule que sa grand-mère avale machinalement, puis elle s'assoit sur son lit. Moi, je n'ose pas. « C'est pour son cœur » m'a-t-elle répondu quand je l'ai questionnée la première fois à ce sujet.

Solène lui réinstalle son casque sur les oreilles, un diadème sur sa chevelure blanche étincelante, l'embrasse après avoir lissé le drap qui semble avoir été changé tant il est impeccable. Sa grand-mère lui adresse un sourire divin, on dirait une vieille Belle au bois dormant. Ça me serre toujours un peu le cœur, mais Solène me dit qu'il n'y a pas de quoi, sa mamie a une vie de rêve. On s'occupe d'elle. Elle peut rester couchée toute la journée, mange dans sa chambre, excepté le dimanche où elles déjeunent toutes les trois au salon, regarde la télévision sans limite, s'endort à l'heure qu'elle veut. Lorsque sa mamie sort de la pièce, elle n'est pas dépaysée, presque tout lui appartient, des meubles aux cadres dorés ; elles vivent dans son appartement. Chez nous, ce sont mes grands-parents qui nous aident pour le loyer, mais nous ne les voyons jamais. Ils nous appellent pour les anniversaires.

Nous ressortons en laissant la porte légèrement entrouverte pour l'entendre au cas où elle aurait besoin de quelque chose, mais en général elle ne demande rien.

— Elle ne parle plus ta grand-mère ?

— T'es folle ou quoi ! On a des conversations, mais quand personne n'est là.

— Elle est timide ?

— Non, c'est autre chose.

— Tu as de la chance d'avoir ta grand-mère avec toi.

Solène acquiesce et m'entraîne dans la cuisine pour goûter.

Elle passe l'éponge, pas une miette ne doit rester, puis elle essuie la table avec un chiffon destiné uniquement à cet usage. Alors que nous lavons nos verres, je sursaute, la mère de Solène apparaît sur le seuil, ses petites lunettes sur le nez, la figure rétrécie, toujours éteinte et fâchée à la fois.

— Salut les schtroumpfettes ! s'exclame Pauline le cuir sur l'épaule, filant comme le vent.

Elle vient de sortir de la chambre, a libéré son chien du balcon, les griffes de l'animal font un bruit sec sur le parquet rutilant. Celui-là, si c'était possible, on lui mettrait des patins. Sa maîtresse claque la porte d'entrée, ce qui déclenche une grimace d'exaspération chez la mère de Solène.

— C'est l'heure pour Nina de rentrer chez elle, fait-elle remarquer.

Je remercie et déguerpis de la cuisine, enfile mes chaussures au pas de course. Solène trouve le prétexte de descendre le verre pour m'accompagner. Au local poubelle, je l'aide à jeter la dizaine de bouteilles d'alcool vides, le bruit pourtant prévisible me heurte à chaque fois.

— Elle aime le vin, ta mère, dis-je.

— Non.

Voyant Solène rougir, je regrette d'avoir parlé sans réfléchir.

L'ascenseur arrive.

— Ma mère a peur de sortir de la maison, dis-je en quittant le sous-sol.

En bas de sa résidence nous échangeons nos enveloppes.

— Salut, à demain.
— À demain.

J'aimerais que Solène vienne chez moi. Sa mère refuse. Quant à dormir une nuit chez elle, ce serait le rêve, un samedi soir entier pour discuter ; à la fin de la journée il nous reste toujours des choses à se raconter. Mais Solène reporte toujours à une autre fois.

J'habite à deux rues à peine. Au fond de ma poche, mes doigts suivent avec satisfaction le contour de la gomme en forme de chat. C'est moi la propriétaire.

Après avoir tourné la clé dans la porte j'appelle tout de suite, je ne sais pas pourquoi, toujours cette inquiétude qui me tombe dessus en arrivant chez nous.

— Maman !

Ne la voyant pas au salon ni à la cuisine, je vais directement à son lit, m'allonge à côté d'elle. Maman ouvre un œil, regarde sa montre.

— Tu dormais ?

Elle se lève et nous allons ensemble dans la cuisine chercher quelque chose à préparer pour notre dîner. Ses mouvements sont amples, peut-être que les larges manches de son peignoir la contraignent à cette lenteur dans les gestes, à cette distance en prenant les objets, à cette posture de reine triste. Je suis surprise de trouver la bouteille de lait vide échouée sur le rebord de l'évier, et les céréales de mon frère desséchées au fond du bol. On dirait que maman n'a pas bougé de la journée, d'habitude elle n'aime pas que la vaisselle traîne et range dès son réveil le matin.

— Ça s'est bien passé ta journée, mon cœur ?

J'ai droit à un autre baiser sur la tempe, l'odeur délicieuse de maman s'abat sur moi, m'anesthésie de plaisir, me réconforte et vient momentanément recouvrir cette peur que j'ai de ne pas réussir à la rendre heureuse. Suis-je à la hauteur ?

— Étienne est arrivé ? demande-t-elle soudain en desserrant trop rapidement notre étreinte.

Je ne réponds rien.

— Non, il a dû rester à l'étude, c'est bien…, se persuade-t-elle.

Maman n'a pas très faim le soir, elle prétend qu'elle déjeune bien pendant que je suis à la cantine et que cela lui suffit. Elle reste toujours à côté de moi, grignote un morceau de pain, nous discutons. Quand Étienne n'est pas rentré, nous dînons au lit si elle est fatiguée. Un câlin, un bisou, puis chacune se couche. J'éteins à vingt et une heures, mon réveil sonnera à sept heures trente.

Toutes nos œuvres sont cachées dans une pochette cartonnée dans le tiroir de mon bureau. J'ai attendu d'être tranquille pour ouvrir l'enveloppe de Solène, confortablement installée sur ma couette. Cette fois-ci, elle a dessiné un bonhomme nu avec une casquette et un zizi poilu vraiment dégoûtant. J'espère qu'elle appréciera à son tour mon dessin de kékettes mises en pot de confiture ; sur l'étiquette j'ai inscrit d'une belle écriture à l'ancienne « Confiture de cochonneries confites ». Première pression à froid.

20

J'IMAGINE une petite table basse là, près de mon lit, ou encore ces voilages aux reflets violets, la boîte à bijoux côté lampe, cette jolie tasse à deux anses dans laquelle je pourrais mettre ma brosse à cheveux, mes élastiques et mon peigne. Pas beaucoup de monde au supermarché aujourd'hui, quelques chariots déambulent à moitié pleins, des nounous passent acheter un pain au chocolat, des ados terminent un paquet de chips. Je ne m'y attendais pas : à l'angle carterie et multimédia, mon frère est là ; il ne m'a pas vue. Il devrait être au soutien scolaire et pas avec une fille ici. Elle paraît plus âgée que lui, Étienne fait le fier, s'esclaffe contre son épaule. Qu'est-ce qui les amuse comme ça ? D'abord surpris en m'apercevant, il me sourit hypocritement :

— T'es là, toi ? Dis donc, elle pousse ta moustache !

Son amie le regarde, horrifiée.

— C'est ta petite sœur ? T'es vache ! dit-elle.

Je reste d'abord sidérée puis m'enfuis au rayon alimentation récupérer la sauce bolognaise, et je file à la caisse la plus proche. Il a ciblé ce qui me complexe le plus, ces poils bruns apparus il y a quelques mois au-dessus de mes lèvres. J'ai déjà essayé de les arracher avec la pince à épiler, mais c'est douloureux et ça repousse vite, encore plus dru, sombre. Solène a un duvet invisible, maman rien du tout. Pourquoi moi ?

Au dîner, je suis face au visage bouleversé de maman. Elle vient de recevoir une lettre du collège, cette semaine Étienne a été absent une journée entière. Il ne tient pas compte des recommandations du conseil de discipline, reste insolent à l'égard des enseignants.

— Tes professeurs disent que tu es intelligent ! Tu aurais de bonnes notes si tu voulais.

— N'importe quoi, eux ! Ils m'aiment pas de toute façon.

Et il part dans sa chambre en claquant la porte. Ça nous coupe toute possibilité de discussion joyeuse avec maman. Mon TB en histoire-géographie fait à peine diversion. Heureusement Solène m'a aidée, ma maîtresse a la réputation d'être exigeante.

— Maman, Étienne va aller en pension ?

— Je ne sais pas, répond-elle en crispant les épaules.

Dans ses pensées, maman soupire, puis de nouveau, plus brièvement. Ce doit être un effort pour elle d'envisager de se rendre à un rendez-vous avec un directeur de collège, elle ne sort presque plus de la maison.

J'ai l'idée de nous préparer un *mug-cake* canapé pour le dessert, elle accepte, sans entrain. Elle résiste en souriant lorsque je la prends par la main et l'installe sur le divan, l'oblige à se reposer là pendant que je m'occupe de tout. Des carrés de chocolat, un œuf entier, sucre, farine. Bien mélanger dans la grande tasse à thé, mettre au micro-ondes, ajouter la cuillère en forme de cœur achetée pour la fête des Mères. J'allume la télévision, nous couvre du petit édredon vert amande capitonné. En quelques minutes c'est prêt, nous plongeons chacune à notre tour la cuillère dans ce délice. Ma position préférée, tapie comme un chat contre elle, l'odeur de chocolat nous enserrant dans une même peau. Pendant ce temps nous ne pensons à rien, nous n'avons besoin de personne d'autre.

Le lendemain, en sortant de l'école, nous fonçons à la boulangerie. Solène a encore quelques pièces, elle est chanceuse, sa mère lui laisse toujours garder la monnaie du pain. Ma cagnotte à moi est bientôt vide. Nous choisissons un à un les bonbons, ça énerve la vendeuse qui gâche notre plaisir de clientes. Pourquoi nous ne pouvons pas nous servir seules avec la petite pelle ?

— Parce que vous avez les mains sales.

Les ongles de Solène sont impeccables, ressemblent à des perles nacrées, elle les coupe très courts pour le piano, les lime et les polit. Elle a le droit de mettre un vernis transparent pour les faire briller. Je ronge les miens et lacère les côtés pour enlever les petites peaux, c'est affreux mais rien ne peut m'en empêcher.

En rentrant de la boulangerie nous dissimulons le paquet de bonbons dans mon cartable au cas où sa mère nous verrait, puis Solène ouvre la boîte aux lettres.

— Papa ! s'exclame-t-elle en extirpant une carte postale.

Son visage est radieux.

— Tu as un père ? dis-je, éberluée.

Solène éclate de rire.

— Pas toi ?

— Si…

Je découvre avec consternation que son père vit au Québec où il s'est remarié, Solène m'explique qu'elle passe chaque année l'été chez lui. Ils voyagent, partent camper en pleine nature, se promènent en canoë-kayak, jouent au bowling, mangent des glaces. Nous avons discuté de tout sauf de l'existence de nos pères. Je croyais que pour nous deux il y avait eu disparition, c'est tout. Je n'y pense jamais, je serais bien trop en colère contre lui. Moi, je n'ai rien d'intéressant à raconter sur nous ; la honte me cuit les joues.

— Il s'appelle comment ton père ? demande Solène.

— Pourquoi tu veux savoir ?

— Le mien, c'est Alain, conclut-elle.

Quelque chose est posé maintenant. Je ne parle pas des bouteilles de vin, elle ne me parle pas de mon père.

Avant de me coucher, je regarde les photos d'avant, pour voir ce que ça fait. Papa réussissait à me porter sur ses épaules, mes cheveux étaient plus longs que maintenant, et je suçais mon pouce. Je m'en souviens, on avait passé la journée à la plage, Étienne avait joué à m'enterrer et j'avais encore du sable plein les cheveux. Maman était jolie en robe, et avec papa ils se prenaient par la main. Sur cette photo, on est tous les quatre, je ne sais pas qui nous a photographiés. À tous les coups, quelqu'un a dit « *cheese* » parce qu'on a le même sourire. Avec un stylo-feutre, je forme soigneusement des points autour de papa ; c'est comme un jeu de les relier entre eux puis d'en suivre le contour au cutter. Ça donne une drôle de photo avec une silhouette manquante au milieu. De toute façon, j'ai presque effacé son visage de ma mémoire.

21

Nous faisons du repérage au Palais de la beauté, où les vendeuses sont trop maquillées et les hommes habillés en vigile. Je m'imagine plus tard avec le manteau rouge de cette cliente-là, un sac à main sur l'avant-bras. Je vivrais avec Solène suite à une rupture sentimentale. Pendant qu'elle travaillerait, je flânerais à la recherche de cadeaux pour mes enfants. Ce monsieur a l'air perdu, comme les autres, j'ai l'habitude de les observer tourner ici. Qui est-il ? Est-ce qu'une femme et un enfant l'attendent quelque part ? Il repartira certainement avec un coffret déjà préparé, faute de savoir que choisir.

Avec Solène nous raffolons de la petite musique du magasin, elle donne envie de tout acheter et les rayonnages changent sans arrêt. Nous aurions presque assez d'argent pour nous offrir des boules de bain à l'unité, et nous avons le droit de nous servir nous-mêmes. J'ai une baignoire mais pas Solène, alors mieux vaut ne rien dire. Là devant, cette pochette contenant quatre minivernis, ça ferait deux chacune. C'est le côté mini qui nous arrête. De nouveau ce désir irrépressible de posséder ces objets, pourquoi en être privées ? J'imagine les touches du piano domptées par les ongles rouges, mes doigts embellis par ce fuchsia brillant plongeant ma main dans le paquet de bonbons, ou dessinant pour Solène. Je me retourne instinctivement ayant senti un regard sur moi. Personne, pourtant j'ai peur, et si le vigile nous avait remarquées ? Sur proposition de Solène nous changeons de place, côté shampoings et crèmes de soin, qui ne nous intéressent pas du tout. Puis au moment de partir nous bifurquons sans prendre le temps de choisir, Solène subtilise un vernis qu'elle rattrape de justesse avant sa chute. Nous sortons bien droites, l'air détaché, je sens ma vessie prête à exploser ; pourquoi penser à cela maintenant ? Quelques mètres plus loin nous détalons, arrivons en dix minutes essoufflées en bas de sa résidence. Une fois le danger passé, en nous remémorant la scène, c'est le fou rire.

Nous enlevons nos chaussures avec empressement, un coup d'œil sur le cuir de Pauline, puis l'horloge, nous avons encore un peu de temps. Je garde une sensation de malaise alors que Solène est tout à la fierté que lui procure notre réussite. Je redoute que quelqu'un nous ait vues ou filmées, la police appellerait sa mère et la mienne. Solène rayonne. Son front s'est couvert d'une fine pellicule de sueur pendant notre course, elle est euphorique.

Elle commence par moi et applique le vernis rose, j'en rougis de satisfaction, mes petites écorchures disparaissent sous l'éclat des ongles. Il suffit de rien pour que tout change. Puis elle le pose sur sa main gauche, je l'aide à droite en prenant soin de ne pas abîmer le travail.

Je suis assise en tailleur sur son lit, mon rêve s'anime ; les doigts de Solène parcourent avec agilité le clavier et la bête se déplie en moi, chaude, vibrante. Alors j'y crois un peu, quelque chose de très bien m'arrivera un jour. Solène joue avec la sourdine à cause des voisins, il n'y a que chez son professeur qu'elle ne l'utilise pas. Un jour, si sa mère n'est pas là, elle me promet qu'elle se passera de cette pédale et mon souhait le plus cher de l'instant est d'entendre le son pur de l'instrument.

Nous enlevons à regret notre beauté, je serais tentée de garder mes ongles peints, maman serait d'accord, mais par solidarité je passe plusieurs couches de dissolvant. Nous allons faire un tour chez sa grand-mère. Elle est toujours à la même place devant le téléviseur, le casque sur les oreilles. Quand sa petite-fille entre dans la pièce, un sourire imperceptible naît sur ses lèvres, son visage s'illumine de l'intérieur. Je les envie. Ça doit être bien d'avoir une grand-mère à soi.

— Tu lui donnes pas ses médicaments ? dis-je.

— C'est pas l'heure.

Les cheveux de sa grand-mère sont bien coiffés avec une pince plate devant. La mère de Solène les lui lave, brosse, sèche, coupe. Coiffeuse à domicile, ce n'est pas son métier. Elle travaille à la mairie et reçoit derrière un guichet des personnes qui veulent se marier, inscrit leur nom sur un registre. Pauline est notaire. Solène pense qu'on l'appelle lorsque les gens meurent. Je ne connais pas le prénom de sa mère, Solène dit toujours « maman et Pauline ». Quand elles sortent de la chambre, c'est le signal d'alarme, je dois rentrer chez moi. À ce moment-là les départs sont électriques. Pauline s'en va comme si elle avait oublié quelque chose d'urgent, et je me sauve aussi rapidement qu'un rat en fuite. Sa mère à la peau terne, au regard métallique et rigide, me coupe la respiration. Le dimanche après-midi, elle m'invite parfois à venir me promener avec elles autour du lac. Chacune a sa meilleure amie, nous marchons derrière ou devant, mais n'avons pas le droit de prendre part à leur conversation. Pauline doit aérer son bulldog. Il m'écœure ce chien avec sa langue trop grande pour lui et ses pattes courtes, sa fureur froide d'avoir été écrasé entre deux portes, en témoignent sa gueule aplatie et sa queue ridicule. Pourtant, sans lui, nous ne sortirions pas.

Maman accepte toujours que je me joigne à elles car elle n'apprécie pas beaucoup les promenades. À mon retour elle a souvent son air triste et demande :

— Tu as bien pris l'air, mon cœur ?

Je m'en veux de la laisser le dimanche après-midi, mais sinon je m'ennuie pendant sa sieste. La journée me semble alors horriblement longue jusqu'au lendemain où l'école reprend.

Face au miroir de la salle de bains de Solène, je m'observe avec dépit :

— Comment tu sais que ça marche ?

— Ma grand-mère me l'a dit.

Devant mon air dubitatif Solène ne se démonte pas :

— Les vieux connaissent des tas de trucs de ce genre.

J'accepte silencieusement que sa grand-mère qui ne parle pas en public ait trouvé la solution à mon problème de moustache, un coton imbibé d'eau oxygénée à tamponner au-dessus de mes lèvres. Solène m'encourage du regard. L'odeur est désagréable. Au début je ne sens rien mais au bout de quelques minutes ma peau commence à piquer et rougir.

— Ça fait mal !

— Faut rincer ! s'exclame Solène.

Le résultat n'est pas magnifique, pour le moment une barre rouge orne le dessus de mes lèvres et attire douloureusement l'attention sur la partie à dissimuler.

— T'inquiète, dit-elle.

Au bout d'une heure, mes poils ont blondi mais toute la zone s'est décolorée également, laissant une différence de ton qui me saute aux yeux.

— C'est mieux, tranche Solène.

Nous terminons nos devoirs côte à côte sur son bureau. Nous ferions bien un jeu mais Pauline est dans la chambre avec la mère de Solène, trop tard pour lui demander son téléphone portable. Parfois Pauline nous le prête et nous nous ruons dessus, au bout de trente minutes nous devons arrêter. Nous sommes les seules ainsi, sans wifi ni portable à soi. La mère de Solène a répondu « on verra quand tu seras au collège ». Moi, je n'ai rien demandé à la mienne.

22

Je la remarque tout de suite en entrant dans la chambre de Solène, une photo d'elle et son père est accrochée au-dessus de sa tête de lit. Un homme trapu et souriant l'enlace tendrement par l'épaule, Solène a une attitude de chat lové, satisfait, repus. Je sais qu'elle a fait exprès de la mettre en évidence ; je ne poserai aucune question.

Nous commençons nos devoirs à son bureau, la photo que j'ignore est dans mon champ de vision, provocante. J'essaie de me concentrer sur les exercices de géométrie. Je trace à la règle une ligne entre le Soleil et Mercure, entre la Terre et Saturne, entre la caravane de papa et ma chambre, suspendus au milieu de la Voie lactée. Je n'avais jamais remarqué les noms étranges de ces planètes-là, Éris, Hauméa, Makémaké ; on dirait des îles désertes où seules des jeunes femmes en pagne chantent du soir au matin des mélodies envoûtantes au son du ukulélé. La caravane est aimantée par la Terre, attention, l'engin va de plus en plus vite, il pourrait s'écraser, le choc serait trop fort sous cette pluie d'astéroïdes. Et soudain, le *big bang* entre en action et tout est dévasté. Ma mémoire a retrouvé sa pureté, son silence et son vide.

23

Avec Solène, nous avons une répartition des tâches. Quand on prend notre goûter dans sa cuisine, c'est elle qui met le couvert, coupe le pain ; moi, j'étale le beurre et la confiture parce que j'en mets toujours trop. Sa mère lui dit de « bien gratter » le beurre, et la confiture doit juste colorer la mie, sans plus. Je n'en ai pas demandé la raison, mais ce doit être pour faire une sorte de régime.

Au cas où sa mère arriverait à l'improviste, nous engouffrons nos tartines de baguette qui débordent de gelée de myrtille. On alterne un jour sur deux avec le miel pour ne pas attirer l'attention sur le contenu du pot.

D'un seul coup, Solène bondit :

— Merde, les médocs !

Elle fonce dans la salle de bains puis entre sans frapper chez sa grand-mère, je la vois sur le pas-de-porte avec son verre d'eau et sa boîte de pilules à la main, hésitante à approcher. Immobile, elle m'interroge du regard :

— Tu crois que je la réveille ?

— C'est peut-être mieux, non ? dis-je.

Ça nous fait une drôle d'impression, sa grand-mère s'est endormie devant la télévision, le casque sur les oreilles, alors que sur l'écran des lions courent au ralenti en pleine savane.

J'ai le temps d'apercevoir la beauté du paysage, la puissance majestueuse de l'animal ; deux lionnes vont sauter sur leur proie.

— Mamie, excuse-moi j'ai oublié ton médicament… Faut le prendre. Mamie ?

Solène lui enlève délicatement le casque des oreilles, on entend un commentaire en anglais, apparemment sa mamie comprend aussi une langue étrangère, en plus du reste.

— Madame ? dis-je pour aider un peu Solène.

Maintenant Solène secoue légèrement sa main, son bras, puis son torse. La grand-mère ne réagit pas. Nos regards muets restent sans réponse, la même terreur nous habite. Solène court frapper à la porte de sa mère :

— Maman ! Maman !

Je reste pétrifiée, on n'a pas le droit de les déranger.

— Qu'est-ce que tu veux ?

— Viens s'il te plaît, s'exclame Solène d'une voix que je ne lui connais pas.

— Attends.

— C'est grave, ajoute-t-elle.

Nous entendons le bruit d'un objet chuter au sol, le raclement d'un meuble que l'on déplace, des froissements, puis la clé tourner dans la serrure. Sa mère apparaît débraillée.

— Mamie…, articule Solène dans une crispation déformant son visage.

Sentant peut-être une activité inhabituelle, le bulldog sur le balcon s'est réveillé de son ennui, se redresse avant de bâiller, ses bajoues exprimant son éternelle déception. Je reste seule. Par l'entrebâillement j'aperçois dans la pénombre Pauline assise sur le lit, les seins nus. Elle cherche quelque chose, se cambre, ses fesses apparaissent, sa poitrine frôle le drap, elle trouve son soutien-gorge. Tournant son visage vers moi, elle remarque ma présence, ma stupéfaction et, d'un mouvement agacé, déplie une jambe pour repousser brutalement du pied la porte. Elle n'a pas de culotte. Je recule vivement, coupable d'être là, choquée. C'est au tour de la mère de Solène de secouer la grand-mère, de l'appeler, d'écouter son cœur, mais malgré son visage apaisé et tranquille, elle ne se réveille pas de son long sommeil. Elle est vraiment la Belle au bois dormant.

Pauline appelle le SAMU, pendant que discrètement Solène jette la pilule dans les toilettes, tire la chasse d'eau. Je n'arrive pas à croiser son regard, et soudain apparaît le visage de mon amie, émacié, transformé, celui d'une vieille femme rongé par les soucis. En raccrochant, Pauline prend la mère de Solène dans ses bras, me fait signe de déguerpir comme une chose sale et encombrante. Malgré la lourdeur de mes jambes, le goût de vomi qui remonte dans ma gorge, je mets mes chaussures le plus rapidement possible et pars en courant. Je n'ai même pas pu dire au revoir à Solène.

J'arrive plus tôt que d'habitude, avec cette appréhension de rester seule si maman se repose. Elle est heureusement au salon, je lui raconte la grand-mère qui s'est arrêtée de respirer, l'appel à l'ambulance.

— Oh, ma chérie… C'est horrible, murmure-t-elle les larmes aux yeux.

— T'inquiète pas, maman.

Elle me serre contre elle. Une mamie a disparu sans un dernier baiser, le secret de ces longs après-midi dans la chambre avec Pauline vient d'être révélé. Mais ça, je n'en parlerai pas à maman. Est-ce que Solène savait ? C'est seulement maintenant que je le réalise vraiment, en l'ayant dit à maman, que la grand-mère de Solène est morte. Je m'en veux de ne même pas pleurer. Pourtant, je suis triste.

Maman prépare notre *mug-cake* canapé, enveloppe mes pieds froids dans la couverture vert amande capitonnée. Nous regardons un film, confortablement installées sur le canapé. J'ai du mal à suivre l'histoire ; mes pensées retournent sans cesse vers la grand-mère, la tête reposant sur l'oreiller, les paupières refermées au monde, alors que la télévision diffuse en vain son programme.

Solène lui redresse la tête, mais elle ne cesse de retomber comme un jouet obstinément cassé. Elle va beaucoup trop loin Solène, j'essaie de l'en empêcher, elle enfonce de force dans la bouche de sa mamie la pilule qui grossit de plus en plus ; jamais elle ne passera dans la gorge maintenant. Alors je griffe Solène. Mais rien ne l'arrête. À califourchon sur la grand-mère, ce n'est plus Solène mais Pauline, les seins nus aux mamelons tendus, une petite culotte blanche dévoilant ses fesses, qui tente de ranimer la vieille dame en la giflant bruyamment.

Cette claque sonore résonne à mes oreilles ; je me réveille en sueur, honteuse, terrorisée. D'un bond je me suis redressée sur le lit. Maman est endormie, son souffle apaisé.

— Maman ! Maman…

Avec les somnifères elle ne se réveille pas. Dérangée, elle ne pourrait plus se rendormir. J'ai soif mais peur de sortir du lit. Je reste un moment ainsi, la paume sur son cœur pour sentir mon bras se soulever et s'abaisser au rythme de sa respiration. Il me faudrait trouver le courage d'aller prendre un verre d'eau, passer aux toilettes. Je me pelotonne contre maman, la main de nouveau sur son cœur, essayant d'apprivoiser le sommeil. Maman n'est pas morte.

24

Le lendemain Solène n'est pas à l'école. Évidemment.

La journée n'a aucun intérêt, je me retrouve affreusement seule dans la cour. Je rentre directement à la maison, pas le cœur de passer à la boulangerie sans elle, et puis il ne me reste plus d'argent.

— Maman ? dis-je, plus désabusée qu'inquiète à son sujet.

Elle est levée. Les bols du petit déjeuner d'Étienne et moi ont été lavés, rangés.

— Bonjour, mon cœur. Tu voudras bien après ton goûter aller faire quelques courses pour ce soir ?

Elle me tend le porte-monnaie, je le pose sur la table de la cuisine sans un mot.

— Étienne n'est pas encore rentré, murmure-t-elle sur le ton d'une personne qui s'excuse.

Mais maman ne lui demande plus jamais le moindre service.

— Tout va bien, ma chérie ?

— Oui.

— Ça s'est bien passé ta journée ?

— Oui, oui.

Après mon goûter, je file dans ma chambre en laissant délibérément le porte-monnaie sur la table.

— Nina ?

Je ne réponds pas lorsque maman frappe à ma porte, puis ouvre.

— Tu n'oublies pas les courses, ma chérie ?

— Je suis fatiguée, dis-je maussadement.

Je ne la regarde pas, devine sa surprise et son malaise alors qu'elle referme la porte. En envoyant promener maman, je me surprends à ressentir une pointe de soulagement, une griserie déstabilisante. M'en voulant aussitôt – il faudrait courir pour m'excuser – j'amorce un mouvement puis y renonce. Si je commence maintenant un dessin pour Solène, elle l'aura le lendemain.

Celui-ci est bien dégoûtant, un bonhomme affreux, le zizi en l'air avec des poils au bout et quelques gouttes qui tombent au sol. Hésitante, finalement je laisse tomber une grosse crotte de ses fesses. Pour terminer, je lui mets un nœud papillon. Je suis plutôt contente de moi et le range à l'endroit habituel de mon cartable. Ça me redonne un peu d'énergie. Normalement, c'est l'heure à laquelle je rentre à la maison après avoir passé la fin d'après-midi chez Solène. Qu'est-ce qu'elle fait en ce moment ?

La porte d'entrée claque.

— Salut ! J'ai déjà mangé ! crie Étienne.

Et il s'engouffre dans sa chambre. Maman apparaît, en décalage, la mine déconfite.

Nous dînons en tête à tête, finissons les fonds de placard, une bouffée d'angoisse m'envahit, j'ai honte de moi subitement et demande pardon à maman.

— Pas grave, ma puce. Tu as raison, je t'embête…

— Non, pas du tout, maman.

— Tu as dix ans, c'est à moi de m'occuper des courses.

Ma gorge se serre, je voudrais que maman arrête. Mais elle reprend :

— Je suis nulle.

— Arrête, s'il te plaît, c'est pas vrai ! dis-je en me levant d'un bond.

— Tu es gentille, ma puce… Et avec Étienne, je ne suis même pas à la hauteur.

Maman s'effondre en pleurs, à cause de moi, ma mauvaiseté, mon incapacité à lui donner de la joie ; je ne suis qu'une merde. Je m'agenouille et entoure sa taille de mes bras, chacune de ses larmes creuse mon ventre à coups de pioche. C'est insupportable. Je ne parviens qu'à la supplier :

— Arrête ! Arrête !

Étienne apparaît sur le seuil de la cuisine.

— Pourquoi tu gueules comme ça ? aboie-t-il.

Je me relève péniblement et croise son regard sans compassion qui se plante en moi. Il pourrait être celui d'un étranger, dénué de toute douceur ou bienveillance à défaut d'amour. Il y a bien longtemps que j'ai perdu mon frère, que nous sommes séparés. Étienne a la lueur dans les yeux, un jour peut-être, je le tuerai.

Ni moi ni maman n'avons faim. Je ne prends pas de dessert.

— Tu veux qu'on raconte une histoire, mon cœur ?

— D'accord.

— Tu te souviens quand tu étais petite ?

Habituellement je préfère lire moi-même et m'inventer un film à partir du texte.

— D'abord, file te laver les dents, s'exclame-t-elle comme lorsque j'avais cinq ans.

Je suis couchée sous ma couette, maman vient s'asseoir sur le rebord de mon lit étroit.

— « *Il faisait horriblement froid. Il neigeait, et le crépuscule tombait déjà. C'était le dernier soir de l'année, le soir de la Saint-Sylvestre. Au milieu de ce froid et de cette obscurité, une pauvre petite fille marchait sous la nuée, la tête découverte et les pieds nus. Elle avait bien pris des pantoufles en sortant, mais à quoi pouvaient-elles lui servir ? C'étaient les grandes pantoufles de sa mère, qui les avait déjà portées*[1]. »

— On peut trouver quelque chose de plus gai, non ? propose maman en tournant les pages.

— Non, ça va, dis-je sans réel désir ni volonté.

Comme prévu, quand maman lit je ne vois pas les images de l'histoire. Elle a l'air content, reprend de l'assurance, ose mettre le ton ; je me sens mieux.

— « *Elles étaient beaucoup trop grandes, et la petite les avait perdues successivement toutes les deux en traversant une rue, au moment où deux voitures passaient à grande vitesse. La première avait passé sous la roue d'un coupé et avait disparu, collée à la roue par la gelée, impossible à retrouver*[2]. »

Mes yeux se ferment. Quelques minutes plus tard, maman me croyant endormie s'arrête au milieu d'une phrase, attend un moment, se lève, le matelas reprend sa forme initiale. Sa main caresse mes cheveux, son odeur de nouveau m'anesthésie ; j'écoute le livre se refermer, être rangé sur l'étagère. Je vais peut-être vraiment réussir à m'endormir.

---

1. Hans Andersen, « La petite marchande d'allumettes », *Il était une fois… 80 contes de tous les temps et de tous les pays*, Paris, Librairie Gründ éditeur, 1955, p. 20.
2. *Ibid.*

Le lendemain Solène n'est toujours pas là, je passe de la consternation à la déception, à la colère puis la tristesse. Nous sommes toujours ensemble, ce serait trahir d'aller jouer avec les autres. La maîtresse repère que je suis « dans la lune » ; j'imagine alors le Petit Prince abandonné sur sa planète.

Est-ce qu'elle sera là demain ? Je voudrais aller à l'enterrement de sa grand-mère. Jamais je n'aurais entendu sa voix, ce son provenant de nous-mêmes que « nous ne découvrons qu'à la faveur d'un enregistrement » explique la maîtresse. Cela me laisse songeuse. Y a-t-il d'autres choses de moi qui me sont inconnues ?

C'est ce que je peux faire de mieux pour ne pas tourner en rond, m'appliquer et visualiser Solène à la boîte aux lettres en train de découvrir mes œuvres. Et là, obligatoirement, elle rit et j'allège sa peine.

Je demande moi-même à maman la permission d'aller au supermarché, elle hésite, me dévisage et rougit un peu.

— Tu es gentille, mon cœur.

Je porte directement mon courrier à la grande poste, heureuse, puis achète un concombre, le parmesan et la sauce pesto. J'ai dessiné avec le minifeutre à l'ananas, pourvu que ça sente encore bon quand elle ouvrira l'enveloppe.

— S'il te plaît, Étienne, on ne peut pas continuer comme ça.

— Mais, arrête ! C'est les profs !

Ils doivent se disputer fort pour que je les entende jusque dans ma chambre. Allongée sur mon lit, je referme la leçon d'histoire-géographie que j'étais en train de parcourir.

Je m'installe en tailleur par terre dans le couloir, lumière éteinte, prête à bondir délivrer maman au cas où.

Maman se tient dans l'embrasure de la porte, comme si elle voulait empêcher Étienne, qui lui fait face, de sortir brusquement. Je passe un doigt le long de la plinthe, je n'y trouve aucune poussière. J'adore le parquet, je voudrais qu'il y en ait partout comme chez Solène, et pas seulement dans le couloir et la chambre de maman.

— Tu étais où hier matin ? Le proviseur m'a appelée, tu sais. Et l'assistante sociale du collège aussi.

— Mais c'est toi qui fais n'importe quoi, maman ! Tu vas avoir des problèmes si tu parles à l'assistante sociale.

Il y a vingt et une lattes dans toute la largeur du couloir, et en regardant de près, aucune n'est identique. Je me demande comment était l'arbre avant ? Est-ce qu'il a été séparé des autres dans la forêt ? Comment a-t-il été transporté jusqu'à la ville ? Maman ferme la porte de la cuisine, j'entends encore leurs voix mais ne comprends plus ce qu'ils disent. Maman parle plus bas. Je distingue leurs silhouettes floues derrière la porte vitrée, celle menaçante de mon frère. Je pourrais très bien entendre cela :

« Tu es vraiment un petit con, Étienne. »

« Oui, maman. »

« Quand ton père va revenir, tu vas prendre la raclée de ta vie. »

« Oui, maman. »

« On vivra en famille tous les trois avec Nina, et toi, tu iras où tu voudras, mais tu ne resteras pas là. »

« D'accord, maman. »

Satisfaite, le sourire aux lèvres, je repars dans ma chambre et ferme la porte.

À vingt et une heures maman vient m'embrasser au lit et me souhaiter bonne nuit. Ça ne servirait à rien de lui demander si elle connaît l'endroit où habite papa. Ça ne servirait à rien de penser à son retour, mais on ne sait jamais ; ce serait horrible qu'il nous retrouve et qu'il croie que je ne l'ai pas attendu. Les traces de la dispute avec Étienne restent sur le front plissé de maman. J'y passe le plat de la main pour chasser ses soucis, je pourrais y lire les lignes de vie. Cette petite ride-là, c'est quand papa a disparu, celle-ci, c'est Étienne à tous les coups. Moi, je voudrais être les rides du soleil qui apparaissent de chaque côté de ses yeux lorsque parfois maman sourit.

25

— Solène !

M'entend-elle ? Je cours pour essayer de la rattraper, mais elle entre avant moi en classe. Je fais un détour en rejoignant ma place, réussis à passer à moins d'un mètre de sa table. Aucune réaction, elle sort sa trousse et son cahier. Je n'existe pas.

Légèrement en biais derrière elle, je peux déchiffrer la partie gauche de son visage et passer la matinée à l'observer. Pas une fois elle ne se retourne, son profil reste attentif, concentré. Je n'entends rien de ce que nous étudions ce matin à l'école.

À la récréation, elle parle avec Juliette, une fille de son cours de danse classique du samedi. Quand j'approche, Solène regarde dans une autre direction et prend sa nouvelle amie par le bras. À la cantine, elle intègre le groupe de ma remplaçante et je déjeune seule. Une torture. Raviolis. Alors je mange quand même.

En sortant à seize heures trente, je la suis dans la rue ; lorsqu'elle arrive en bas de chez elle, j'apparais subitement.

— T'as reçu mon dessin ?

— On n'a plus le droit de se voir, répond-elle le visage fermé.

— Quoi ?

— C'est ma mère qui a ouvert ta lettre !

Le coup est violent. Je déglutis, une boule d'angoisse vient se loger dans mon ventre. Solène est furieuse après moi.

— Ma mère a fouillé, elle a trouvé les autres. Elle a dit que tu étais devenue « une mauvaise fréquentation », qu'on était vraiment sales d'avoir fait des trucs comme ça.

Une suée froide dégouline le long de ma colonne vertébrale, j'ai envie de pleurer.

— Je suis désolée pour ta grand-mère…

Solène me bouscule pour passer la porte vitrée de sa résidence.

— Ma mère va appeler chez toi, finit-elle dans un souffle.

Je recule d'un pas, anéantie, et la regarde s'éloigner à travers la vitre jusqu'à ce que sa silhouette s'évanouisse ; il ne reste plus que la mienne, minuscule dans le reflet de la baie. Je reste là, clouée.

Sur le chemin du retour j'ai l'impression d'être somnambule, errante dans les rues, passant sans entrer devant mon supermarché préféré, la maison de la presse, le Palais de la beauté. Je ne sais plus où aller. Il ne me reste qu'à attendre, assise sur les marches de l'immeuble, que ma montre indique l'heure à laquelle revenir habituellement de chez Solène.

Je tourne la clé dans la porte sans appeler, maman arrive pourtant tout de suite.

— Ça va ? dis-je, surprise.

— Viens dans la cuisine, on doit se parler.

Maman déglutit, elle aussi.

— La mère de Solène m'a appelée.

— Oui, je sais !

Alors que je cherche à m'enfuir, maman me retient par le poignet avec une rapidité qui m'étonne.

— Elle a raconté que vous faisiez des dessins pornographiques.

Je me dégage et fonce dans ma chambre, me jette sur mon lit. Je suis sale, sale, sale !

Maman frappe à la porte, deux ou trois coups restent sans réponse de ma part, elle retourne dans la cuisine. Je me lève avec résignation, entre dans la salle de bains et tire le verrou. Le miroir me renvoie un visage rouge, des yeux gonflés. J'ouvre le tiroir de maman. C'est plus difficile que prévu avec ces ciseaux, mais j'en viens à bout. Ma natte gît dans le lavabo. En m'apercevant dans le couloir, maman pousse un cri.

Partie IV

Pouvoir

26

Solène n'est plus mon amie.

L'année dernière, en sixième, nous avons fréquenté un collège différent. Maman, qui m'avait fait confiance et avait été choquée du qualificatif de « pornographie », s'était montrée désolée pour moi, m'assurant que je me ferais d'autres amies. Avec celles qui l'ont prétendument remplacée, il n'y a jamais eu cette intimité-là. J'ai treize ans, des connaissances, et si je le veux je ne reste pas seule. Mais il ne m'est plus nécessaire de me confier, prendre le risque d'être l'élue d'une camarade en particulier, d'une deuxième constamment à mes côtés.

Je me précipite au moment où la sonnerie retentit, présente au passage mon carnet de correspondance au CPE. Cet homme ne sourit jamais, filtre les entrées et sorties, impitoyable, craint et respecté des élèves. Les parents le vénèrent. On devine pourtant une forme de sympathie dans son regard. Quelques anciens collégiens qui passent dans le quartier lui serrent la main parfois. Il me fait une réflexion ce matin, je suis « sur le fil », j'arrive « de plus en plus tard » ; il m'a à l'œil.

J'entre avec ma classe en cours d'espagnol, notre enseignante nous salue, toujours bien droite. Certaines filles la dépassent déjà, elle a souvent le menton légèrement relevé, ce qui lui ajoute un ou deux centimètres. Sans ses cheveux grisonnants, de dos on la prendrait pour une élève, elle est si menue. Personne ne chahute, l'autorité de toute sa personne et son charisme nous en dissuadent, je n'oserais pas arriver en retard à son cours. Discrète, je le suis toujours, et les appréciations sur mon bulletin sont unanimes : « Manque de participation », « Il faut s'exprimer davantage ». Que dire ? Pour quoi faire ? Je n'en vois pas l'intérêt.

C'est très simple de se séparer. Quelques coups de fil du proviseur, un entretien et une signature de maman ont suffi pour qu'Étienne soit suivi par un éducateur, puis rejoigne un internat dans un nouveau lycée. Maman reçoit une aide financière spéciale pour cela. Moi, je déteste déposer chaque année le formulaire de demande de bourse à la secrétaire de mon collège.

Nous sommes tous les trois serrés dans l'entrée, la porte de la maison entrouverte, maman est en larmes, Étienne a l'air grave. Il n'a pas voulu que nous l'accompagnions à la gare, personne n'a insisté, et maman en aurait été sans doute incapable. Mon frère a rassemblé une bonne partie de ses affaires, rempli son balluchon à bloc. Depuis la dispute nous avons toujours vécu ensemble, les cailloux blancs au fond de la rivière se dispersent de nouveau au gré des caprices du courant. Parfois, j'ai peur que mes grands-parents cessent de régler le loyer, et que nous ne sachions plus où aller. Étienne. Je n'éprouve pas le désir qu'il reste pourtant. C'est ce qui me fait le plus mal, ne pas être triste de son départ. Sur le seuil, le moment de la bise nous gêne tous les deux, cela ne nous est certainement pas arrivé depuis l'enfance. L'ai-je embrassé déjà ? Je ne trouve pas d'exemples, d'images de mon frère et moi en dehors d'aujourd'hui où nous échangeons cette bise hâtive et maladroite. Un geste normal en apparence, mais un emprunt, une manifestation d'affection que nous avons vue ailleurs. Aucun mot ne vient facilement. J'ai pitié de nous-mêmes, de notre impossibilité à être gentil l'un pour l'autre. Adultes, deviendrons-nous plus proches ? Aura-t-il des enfants ?

Avec maman nous restons sur le palier et regardons Étienne s'éloigner dans l'escalier, son blouson à la poche gauche intérieure déchirée, son bagage sur l'épaule. « Retourne-toi » dis-je mentalement. Et il se retourne. En un instant apparaît l'expression vulnérable d'Étienne petit garçon cette nuit-là dans la forêt, le visage douloureux sous l'effet de la peur et du froid, presque hébété. Entre nous, il y avait eu un moment de vérité. Je ne m'attendais pas à être déçue ensuite, j'avais cru assister à la naissance de l'amour. L'homme de la maison vient de partir. Maman s'aperçoit qu'il a laissé son pique-nique sur la table de la cuisine, descend en pantoufles les quelques marches de la cage d'escalier.

— Étienne !

Trop tard.

Maman retourne vite fait entre les murs de notre appartement. Nous nous regardons tel un vieux couple, l'avenir sera-t-il joyeux ensemble ? Nous n'avons pas les moyens de gâcher : en tête à tête à l'heure du déjeuner, nous mangeons ses sandwichs, le mien est à la rosette, celui de maman au fromage. Nous dévorons silencieusement Étienne.

Nous le voyions peu, pourtant son absence est vivante, et nous pensons à lui dans le changement de nos habitudes. Le saucisson ne figure plus sur la liste des courses, maman utilise moins la machine à laver, n'est pas appelée par le lycée. Elle hésite pendant plusieurs jours entre laisser la porte de la chambre d'Étienne ouverte ou fermée. Nous la gardons fermée.

Plus de salle de bains à partager le matin, je peux me lever à la dernière minute et m'occuper de ma toilette au moment voulu. Après avoir engouffré mes céréales debout, je file me laver. Accueillie par cette forte odeur de vinaigre devenue habituelle, en ouvrant la porte de la salle de bains je devine que maman a occupé sa soirée à nettoyer à fond notre intérieur, qui est déjà très propre. Les joints du carrelage apparaissent d'une blancheur éclatante, la baignoire sabot brille, les poignées du meuble sous le lavabo resplendissent, la brosse à dents est parfaitement alignée avec le dentifrice, le porte-savon n'a pas la moindre trace. Comme si personne ne vivait là. Ça me donne envie de salir.

Je n'aime pas ce gros savon utilisé aussi bien pour la peau que les taches sur les vêtements ; nous limitons nos dépenses au maximum. En sortant de la douche je cherche ma serviette de bain, maman a dû encore tout mettre au linge sale. J'inspecte dans le miroir mon visage rosi par la chaleur de l'eau, quelques boutons d'acné viennent d'apparaître. Que faire ? Percer ? Camoufler ? Tamponnant d'un geste automatique mon duvet à l'eau oxygénée, j'enfile le peignoir de maman à portée de main. Son odeur délicieuse, jusqu'à l'écœurement, se mêle à celle de la lessive. J'ouvre son tiroir nerveusement, quelques produits de beauté à moitié vide subsistent, une palette de maquillage admirée enfant, un rasoir usagé, les ciseaux de coiffeur servant à me couper les cheveux depuis toujours. Voilà ce qu'il me faut, un fond de teint, la boîte est encore neuve. Une huile jaunâtre sort du tube et gicle sur ma main ; je vérifie l'emballage, périmé depuis sept ans.

Je range le produit à sa place, c'est l'heure d'aller au collège. La buée s'est dissipée complètement et laisse apparaître ma silhouette en pied dans le miroir, je sursaute presque. Maman en plus jeune se tient face à moi, elle aussi a ce regard de biche pris dans les phares d'un camion en lisière de forêt.

27

J'ARRIVE aussi dure qu'un roc en rentrant des cours, il me faut bien ça pour regarder maman. Toujours ce serrement de cœur, cette inquiétude de la trouver couchée, abrutie par ses nuits sans sommeil ou peut-être même pendue.

— Maman !

La liste des courses du soir est posée sur la table de la cuisine. L'ignorant, je jette brutalement mon sac au sol, me sers un bol de céréales au chocolat et mange debout, le dos appuyé au frigo. Son ronron m'apaise un peu.

— Maman !

Elle apparaît, embuée, avec ce sourire qui naît à chaque fois que j'entre dans son champ de vision, et modifie sa figure devenue terne, ressuscite quelques secondes la femme qu'elle a été.

— Mon cœur, assieds-toi pour manger…

Elle vient m'embrasser, je me détourne, maman perçoit mon mouvement d'humeur et me dévisage, surprise, mal à l'aise.

— J'en ai marre de m'occuper des courses, j'ai des devoirs.

— Oui, dit-elle, remarquant l'agitation qui m'anime.

— Toi, tu fais rien de la journée, pourquoi t'y vas pas ?

Sa main droite empoigne la gauche, son front s'empourpre.

— J'irai, oui…

Il y a longtemps qu'elle ne cherche plus ses clés, son manteau, ne surveille plus l'heure dans la rue, ni ne sent la fraîcheur du vent dans ses cheveux. Ça s'est produit sans violence ni déclaration particulière. Maman n'est plus sortie. Depuis combien d'années ?

Au dîner nous finissons les restes. Maman essaie de soutenir une conversation, Étienne a appelé de l'internat, il a un « bon comportement », son éducateur est content de lui et ses premières notes semblent correctes.

— C'est ce qu'il lui fallait, un cadre de travail, conclut-elle encore.

Me contentant de mâcher, de ponctuer vaguement son discours du menton, je sens la fatigue dans mon dos qui a porté cette lourde charge de livres scolaires et je ne l'écoute plus.

— Nina ? Tu m'entends ?

Maman mange silencieusement, épuisée par l'énergie qu'elle vient de déployer. Au dessert, j'apporte les sempiternelles compotes de pommes sur la table. Alors qu'elle ouvre la sienne, j'en prends une, rageusement :

— Je supporte plus d'avaler ça !

— On peut changer de parfum ! propose-t-elle.

Maman termine à moitié. Elle referme avec délicatesse l'opercule en aluminium et reconstitue le pot, comme un enfant qui voudrait dissimuler un larcin ou ferait la blague de l'œuf en le retournant, prêt à le déguster alors qu'il est désespérément creux.

Après le dîner, je préfère prétexter du travail et rester dans ma chambre. Une heure plus tard, en allant me brosser les dents, elle est à la même place. Maman, inoccupée sur sa chaise, vêtue de son peignoir fleuri usé, jauni au fil des lavages, terni, pitoyable. Triste costume de scène défraîchi. Et cette pitié qui monte, que je déteste.

— Tu devrais aller chez le coiffeur, dis-je.

— Tu crois ?

— Ça serait mieux.

— Oh… Pas besoin, me susurre-t-elle.

— Mais si !

— Je ne sais pas, ma puce. Tu voudrais que je raccourcisse un peu les tiens, mon cœur ?

— Non merci, j'aime mieux une vraie coupe dans un salon.

Elle m'exaspère d'autant plus que je hais cette étreinte intérieure me saisissant dans le même temps, cette impression d'être injuste, mauvaise, dure face à son visage peiné, à la toute petite fille qu'elle paraît être à cet instant.

— Maman, te couche pas trop tard…

— T'inquiète pas, répond-elle avec son sourire à fendre mon cœur, cette tristesse qui reprend le pouvoir et se mêle à la tendresse furieuse que j'éprouve pour elle.

Je la laisse seule et ferme la porte de ma chambre, m'allonge sur ma couette, coupable et courroucée de l'être. Mon doudou, une taie d'oreiller usée, est en boule sous mon drap. J'ai honte d'en avoir encore besoin à treize ans. Je l'enfouis sous mon aisselle puis le porte à mes narines ; mon odeur m'apaise, je suis vivante.

Au collège, la professeure d'espagnol nous annonce un voyage scolaire d'une semaine. Nous dormirons dans des familles d'accueil, voyagerons en car, des visites seront organisées. La classe s'enthousiasme, sauf moi. Maman ne pourrait pas vivre seule une semaine. Notre enseignante distribue la note d'information à rendre signée par « vos parents ». Enfant, je rougissais quand la maîtresse formulait une telle demande. Je me sentais amputée.

En rentrant à la maison, une colère inextinguible s'empare de moi.

— Je suis là !

À moitié assise sur la table, je termine un fond de céréales au chocolat, vérifie dans le placard, le paquet n'a pas été remplacé mais une nouvelle liste de courses est apparue. J'en fais une boule, la laisse à son emplacement initial. Maman arrive, l'œil lourd, et l'espace d'un instant je cherche ce qui en elle a changé, se serait aggravé. Elle s'approche pour m'embrasser, je m'attends à ce qu'elle sente l'alcool, mais non, maman n'a jamais bu.

— J'ai plus de céréales.

— Oui, c'est noté.

Se retournant, maman remarque ce qu'il reste de sa liste, me regarde avec inquiétude.

— T'as pas compris ? Faut plus me demander pour les courses ! J'ai du travail, moi !

— Oui…

— Les autres parents n'attendent pas qu'on fasse à leur place.

— Excuse-moi, je suis très fatiguée…

— Y a vraiment pas de quoi, dis-je sèchement en quittant la pièce.

Au dîner nous mangeons des pâtes sans sauce ni parmesan. Il reste un yaourt qui m'est attribué, alors que maman termine sa compote entamée de la veille.

— J'ai encore faim.

— On peut cuire d'autres pâtes ? propose-t-elle, le front crispé de culpabilité.

— T'as pas autre chose ?

Maman contient sa panique en ouvrant les placards un à un, ne restent que des bouteilles de vinaigre blanc, de la lessive en poudre, des spaghettis, quelques conserves.

— Du maïs ?

Je fais la grimace.

— Haricots verts ?

Je me lève, lasse, découragée :

— Je voudrais juste un repas normal. Y a jamais rien de bon à manger ici !

Je sors de la cuisine ; je ne veux plus assister au dépérissement de maman, et détourne mon regard de son visage douloureux, de ses épaules affaissées.

Mes jambes me gênent lorsque je suis assise à mon bureau, la chaise est devenue trop petite pour moi. Au fond du tiroir sont rangés mes trésors de l'école primaire : les dessins de Solène, quelques lettres écrites à mon père jamais envoyées, la mèche de cheveux de maman conservée dans un cœur en plastique, telle la relique d'une sainte. Je parcours du regard ma chambre quasiment inchangée depuis mes six ans. La peinture a pris une teinte coquille, apparaissent ici et là quelques taches sombres, des posters fétiches ont été scotchés puis enlevés, laissant des traces. Mes rideaux, le mobilier sont ceux d'une fillette, mon lit est étroit alors que je rêverais d'un deux-places. Je n'oserais inviter personne ici.

Mes devoirs terminés, je prépare mon sac de cours, archive mes contrôles, toujours de bonnes notes. Le formulaire d'inscription au séjour en Espagne mentionne les activités culturelles, le nom des enseignants accompagnateurs. Ça doit être bien de partir en voyage, d'aller quelque part. De toute façon, le coût est trop élevé pour nous. Je n'imagine pas mendier de l'aide à la coopérative scolaire, parler de nos difficultés.

Il y a encore peu, je tombais d'épuisement en début de soirée. À vingt-deux heures trente, sentant la fatigue, je n'arrive pourtant pas à m'endormir facilement.

Maman frappe à ma porte, c'est rare lorsque je suis couchée.

— Désolée pour tout à l'heure, dit-elle.

Je me relève sur un coude, sans envie de me lancer dans une conversation.

— Demain j'irai au supermarché, affirme-t-elle en s'asseyant sur mon lit.

— Toi ?

— Oui, soutient maman avec un regain d'énergie.

Je ne distingue qu'imparfaitement l'expression de ses traits, son visage est à contre-jour.

— C'est décidé, ajoute-t-elle encore, me sentant probablement peu convaincue.

— Comment tu vas faire ?

— J'en peux plus de vivre comme ça. On mérite mieux toi et moi…

J'ai envie d'y croire, à la vie, à la silhouette de maman qui s'anime. Ses bras se referment sur moi ; j'écoute les battements de son cœur, de nouveau son odeur me capte, je tente de ressentir le parfum de sa peau comme si c'était la première fois.

28

J'AI mis mon réveil à la dernière minute, appréhendant ces matins toujours vides où personne d'autre que moi ne se prépare pour aller travailler. Après tout, maman pourrait véritablement être au chômage et ne pas avoir le même rythme que moi. Mais elle n'a jamais exercé la moindre activité professionnelle, et je reste probablement la seule fille du collège à redouter les vacances.

La salle de bains est outrageusement impeccable, la cabine de douche exhale son vinaigre, maman fait avec de plus en plus d'ardeur le ménage la nuit. La moindre goutte ou trace devient insupportable, toutes les pièces de la maison doivent être frottées, désinfectées, la poussière chassée, mes semelles en contact avec l'extérieur nettoyées. En sortant de la douche, après m'être lavé les dents, je laisse délibérément des traces de coulure de dentifrice dans la vasque, abandonne ma brosse à dents sale sur le rebord du lavabo. Je me coiffe la tête en bas, et lorsque je relève le front, quelques cheveux maculent la porcelaine blanche. Voilà le travail.

Je termine de préparer mon sac de cours, et me souviens subitement qu'il n'y a plus de céréales. Dans les placards de la cuisine, rien à manger au petit déjeuner. Cela ne prend que quelques secondes de vérifier de nouveau. Je me sers un verre d'eau, les larmes aux yeux. J'ai faim. Puis un deuxième, pour remplir mon estomac. Maman est endormie, les rideaux sont tirés, j'hésite à entrer dans sa chambre. Elle est rarement debout le dimanche avant midi, je n'ai aucune idée de l'heure à laquelle elle se réveille et se couche en semaine. Dans son sac à main, le même depuis toujours, je connais l'emplacement de la carte bleue. C'est moi qui vais retirer à la banque une partie de l'aide sociale, quelques billets, bien moins que ce qu'il nous faudrait. Je sais combien il reste à l'intérieur du porte-monnaie, pas beaucoup. Avec la pièce de deux euros je m'achèterai quelque chose à la boulangerie.

Un croissant au beurre. Je l'engouffre avec délice sur le chemin, comme si c'était habituel alors que je n'en mange jamais. Il me reste quelques centimes, pas assez pour m'offrir un jus d'orange. En passant devant le supermarché, je tente le distributeur de boissons dans le hall. À ce prix-là, on peut avoir un thé au citron ou un expresso, voire un allongé. Ce n'est pas facile de courir avec un gobelet brûlant. Le goût est horrible. C'est mon premier café, je le jette dans le caniveau et arrive au moment où le portail se referme, le CPE fait barrage à l'entrée, me scrute des pieds à la tête. Avec ce presque retard, « vous ne passez pas inaperçue » me dit-il simplement. Lui, il prête attention à tout le monde, même aux plus timides. Je n'avais jamais remarqué ses yeux clairs. Mon gobelet vide atterrit dans la poubelle du collège.

Lorsque je rentre, monte les marches de mon immeuble, de nouveau ce serrement interne, cette pression réapparaissent. Dans quel état vais-je la retrouver ?

— Maman !

Dans la cuisine, pas de liste sur la table, une légère excitation s'empare de moi. J'imagine maman ressortir une paire de chaussures du placard, indécise, en essayer une seconde, les trouvant toutes trop étroites à force de rester en pantoufles. Puis, ajustant sa veste devant le miroir, les clés en main, elle aurait prudemment posé un pied hors de la maison et éprouvé la sensation d'un premier pas sur la Lune.

Je suis vite déçue. Le placard est vide.

— Maman !

C'est usant, il faut l'appeler plusieurs fois pour qu'elle vienne. La première la réveille, à la deuxième seulement elle se lève.

Maman apparaît au fond du couloir :

— Bonjour, ma chérie.

— T'as pas fait les courses ! Tu m'avais promis hier !

— Excuse-moi, ma puce…

Je pense à mes camarades qui en rentrant chez eux se contentent de commencer leurs devoirs, sans se soucier du contenu du frigo ni jamais se demander si leur mère a eu le courage de sortir aujourd'hui. Un sentiment d'injustice monte en moi. Je vois Étienne, la lueur mauvaise dans ses yeux, les claquements de porte, le contrat signé avec l'éducateur. Maman se ratatine sur sa chaise. Je sens la présence d'une bombe, un souffle passant à proximité de mes oreilles, cette déflagration qui résonne, et l'envie que j'ai de cogner maman. Je la regarde avec fureur. Qu'est-ce que j'ai raté pour qu'elle soit ainsi ?

— Désolée, ma chérie, demain je vais essayer.

— Demain ? Mais j'ai faim ! Va voir un docteur, espèce de folle !

J'ai hurlé je crois. Maman ne bouge plus, pétrifiée, comme une enfant craignant de recevoir un coup. Mon visage s'est horriblement contracté, et il me faut quelques instants pour comprendre que maman a peur. Quelque chose de brut et délicieux exulte à l'intérieur de moi, se fraie un chemin toutes veines ouvertes, ça sent le cadavre, le froid, la pisse. Je suis effrayée de moi-même, de nous. Je quitte la cuisine brusquement, hantée par cet air de bête soumise offerte à son bourreau que vient de revêtir maman. Aurais-je été capable de la frapper ?

Les rideaux de sa chambre sont fermés, la pièce plongée dans la pénombre, le lit recouvert de son édredon, serré, lissé, tout est parfaitement propre et rangé, sans trace de vie de la journée. Je tremble en prenant l'argent dans son sac à main.

À l'extérieur la vie se déroule sans nous, le supermarché habituel avec sa petite musique et ses offres commerciales m'apaisent. J'achète le minimum, mes céréales, un litre de lait, pâtes et sauce tomate, et à la place des compotes, des yaourts nature. Je vérifie le prix sur les steaks hachés sans même y toucher.

À mon retour la colère m'a quittée, mais le visage livide et soumis de maman reste gravé en moi. Je suis épuisée. Après avoir rangé les achats dans la cuisine, je fais mes devoirs sur mon lit, n'osant pas aller voir maman pour l'instant. Une reproduction de Degas, une carte postale d'anniversaire de mes parents, une petite rose blanche de celles que l'on pique dans les chignons de mariée, un ballon dégonflé ornent depuis toujours ma tête de lit. Je ne vais plus chez les autres depuis longtemps, comment est décorée leur chambre ? Je n'accepte pas d'invitation que je ne pourrais rendre.

Demain, la professeure ramassera la note d'information signée du voyage en Espagne. En bas de page, il faut cocher la case « Mon enfant ne participera pas » ou « Mon enfant participera ». Je barre la première ligne proprement et coche la seconde, puis griffonne quelque chose sous la mention « signature des parents ». On verra plus tard comment payer.

Ce serait mon premier voyage, je ne suis jamais allée nulle part. Je me souviens de Solène qui partait en vacances à l'étranger avec son père. Elle avait accroché une photo d'eux au-dessus de son lit. Son père lui manquait mais Solène avait pris l'habitude de vivre sans sa présence quotidienne, ils s'appelaient souvent. La fratrie ne s'était pas agrandie, mon amie restait la fille unique et préférée. Moi, je n'avais pas réussi à dire la vérité, que mon père s'était évaporé un jour dans la rue près de l'école, devant la boulangerie. Je craignais de n'être pas crue, ou encore que Solène imagine que ma mère ou moi avions commis un acte affreux qui l'ait fait fuir. C'est absurde de disparaître ainsi. Solène pensait que mon père me retrouvait aussi l'été, mais qu'il ne téléphonait pas ; un demi-mensonge en somme. Ce qui avait été impossible à expliquer à mon amie, ni même à concevoir, c'est le fait que mon père n'ait plus jamais cherché à me voir. Peut-être lui avais-je manqué au début, manifestement pas suffisamment pour rétablir notre lien.

Avant d'aller me coucher, je sors du fond de mon tiroir la dizaine de courriers non envoyés à mon père. Je m'étais lassée de l'absence de réponse. À quoi bon garder ces vieux papiers qui n'ont servi à rien ? Il faut tous les détruire. Je saisis une enveloppe au dos de laquelle j'ai tracé un cœur, déplie une feuille constellée d'étoiles où, d'une grosse écriture enfantine, j'ai commencé ce courrier par un : « Mon papa. » J'en relis le contenu. Ça me rend très triste de l'avoir tant attendu. J'ai l'impression que je n'ai pas le droit de jeter mes lettres, ça décevrait trop la petite fille en moi.

29

Je le décide ce matin-là en me levant, à peine sortie de mon lit. En arrivant la première au CDI, ça sent le café chaud et les postes informatiques sont libres. En quelques minutes, le basculement a lieu. L'adresse de mon père est trouvée. J'ai un moment de sidération en voyant ses nom et prénom apparaître à l'écran, je ne savais pas que ce serait possible. C'est ça mon père, cette petite flèche Google qui pointe son domicile sur un plan.

Je n'écoute rien en classe, ressasse toute la journée le numéro et le nom de la rue, les lettres noires sur l'écran s'enchevêtrent, le l attrape le a, le n s'accroche au i ; je visualise les mots à défaut de l'homme.

Je n'ai rien d'autre à faire, personne ne s'apercevra de mon retard ; maman se lèvera plus tard de sa journée à mon retour, c'est tout. Nous nous entassons dans la salle de répétition, la section danse du collège démarre la représentation à dix-sept heures. Ça commence comme un ballet classique sans tutu, danseuses en chaussons de danse et jogging, cheveux attachés au sommet du crâne ; sous les projecteurs elles semblent plus jolies que dans la réalité. Assez vite, *La Belle au bois dormant* cède la place à quelque chose de contemporain. Près de la scène, un père est monté sur une chaise avec une petite caméra pour ne rien manquer du spectacle. Elles ne sont pas parfaitement ensemble, on sent la maladresse, le cafouillage d'une ou deux élèves en décalage avec la musique, mais leur enthousiasme est communicatif. Presque tous les parents prennent des photos ou filment ; ils frémissent, les yeux brillants, fiers de leur fille. Pourquoi rester là ? Je quitte la salle comme je suis arrivée, seule.

Mon sac de cours scie mes épaules, une grosse journée s'achève, j'ai hâte de m'allonger sur mon lit. D'une fenêtre du collège, la mélodie d'un piano jaillit brusquement. Délivré de toute sourdine, le son pur de l'instrument parvient jusqu'à moi, pénètre les passants dans la rue, caresse les capots des voitures, m'oblige à me tenir droite malgré la fatigue. Qui joue aussi bien ? Un élève ? Un professeur ? J'aurais aimé être cette personne-là, avoir un talent à montrer, qu'on aurait été forcé de remarquer. Le piano s'arrête, m'abandonnant tout aussi brutalement qu'il m'a saisie. La bête n'a pas eu le temps de se déplier, elle est restée tapie dans un coin sombre. Je m'attends à voir Solène passer une tête par la fenêtre de l'établissement, elle aurait maintenant les cheveux longs relevés en un chignon improvisé, celui que l'on forme sans y penser au milieu d'un cours de maths, quand il faut se reconcentrer. Elle aurait changé, mais pas trop, elle me ferait signe d'attendre ; elle allait reprendre d'un instant à l'autre sa musique pour moi.

Le lendemain matin, la salle de bains est de nouveau immaculée. Je constate presque avec soulagement que maman, qui occupe ses longues heures d'insomnie, a nettoyé soigneusement le lavabo souillé par mes soins. Je préfère cela que l'imaginer immobile dans son lit à ruminer de sombres pensées. Je me brosse les dents sans rincer la vasque avant de quitter les lieux.

Je pars de la maison ce matin en claquant la porte, avec l'espoir de déranger un peu maman, qu'elle m'entende pour une fois. Au CDI, je tape les nom et prénom de mon père dans la rubrique « images » : une vingtaine d'hommes apparaissent. Celui-ci est bronzé et pose avec son chien, cet autre arbore un short de sport, ou encore celui-là devant son bateau. Je ne le reconnais sur aucune des photos, saurais-je vraiment le distinguer parmi les autres ? Ai-je ses yeux ? Son sourire ? Des traits de caractère commun ?

J'ai le trac lorsque la professeure d'espagnol ramasse les formulaires. Le contrôle terminé, elle nous informe, satisfaite, que toutes les familles ont accepté que leur enfant participe au voyage. Nous prendrons un car à étage ; à l'intérieur, il y aura même des écrans pour regarder un film.

Ce soir, Étienne rentre pour le week-end. Maman est dans une agitation anxieuse. Elle redouble d'efforts, il n'y a plus un mur, une poignée de porte, un fauteuil qui n'ait été frotté au vinaigre blanc, à tel point que je redoute moi aussi d'exhaler cette odeur. Étienne doit revenir toutes les six semaines et la moitié des vacances. Passera-t-il ce temps ici ou ira-t-il jouer aux jeux vidéo chez ses anciens copains ? Il pourra regarder les séries auxquelles nous n'avons pas accès à la maison, se faire inviter à manger dès que possible.

Étienne sonne à la porte, maman va lui ouvrir, je feins de ne pas l'avoir entendu. Maman m'appelle.

— Ça sent bizarre ici…, remarque Étienne en grimaçant.

Au dîner je suis presque contente de sa présence, Étienne amène quelque chose de vivant. J'imagine ses journées là-bas en collectivité où tout est réglé, sanctionné, mais sans nulle autre contrainte que suivre les cours, pratiquer un sport et avoir des amis. Même maman paraît moins brumeuse ce soir. Son visage se défroisse un peu et je suis jalouse qu'Étienne, qui n'a plus à s'inquiéter pour elle au quotidien, ait ce pouvoir de réanimation. Il ne se soucie pas de moi. Il occupe l'espace, mobilise la parole, se met en valeur. À l'écouter, c'est lui qui a les meilleures idées, est populaire au lycée ; mon frère raconte des anecdotes qui font sourire maman. Il en devient insupportable, se comporte à table en enfant prodigue, en chef de famille. Maman palpite et s'éveille, elle part d'un grand éclat de rire qui étire ses joues et me surprend autant qu'elle. Au dessert, Étienne prévient qu'il part rejoindre des amis.

— Je vais te donner un billet, mon chéri, pour que tu t'amuses un peu…

Je rougis d'indignation, où compte-t-elle trouver l'argent ? Sait-elle seulement ce qu'il reste pour terminer le mois ? S'est-elle déjà demandé si moi aussi j'avais envie de « m'amuser un peu » ? Maman se traîne à petits pas jusque dans sa chambre, heureuse mais exténuée par ce repas, revient avec son sac à main, secoue son porte-monnaie pour mieux voir les pièces qui se seraient peut-être dissimulées dans les replis internes.

— Laisse, c'est pas la peine, intervient Étienne.

— Tu es sûr, mon chéri ?

— Faut sortir toi aussi, maman, ajoute Étienne.

Maman se crispe :

— Nina me suggère la même chose… Je n'ai plus goût à ça.

— L'éducateur, c'est demain ? demande-t-il faussement.

— Je serai prête.

— La prochaine fois il voudra que tu ailles à son bureau…

Maman se contente de remuer de droite à gauche sa pauvre tête en signe d'épuisement, d'impuissance, de désolation.

— T'inquiète, maman, pas grave, conclut Étienne en sortant hâtivement de la cuisine.

— Tu pourrais débarrasser ton assiette, dis-je.

Étienne me regarde, amusé :

— T'as qu'à le faire…

— Compte là-dessus !

Bondissant, furieuse, je voudrais le déchirer sur place.

— Vous disputez pas, les enfants ! C'est moi qui range, allez, allez…

Et maman nous chasse avec des petits gestes des bras, telles des vaguelettes qui iraient mourir au loin sur la grève.

Assise en tailleur sur mon lit, j'ai un immense cafard en entendant la porte d'entrée claquer. Étienne sort, maman est devant la télévision. Je rêve à mon voyage en Espagne, à ce que je pourrais mettre dans ma valise. Où trouver l'argent ? Comment payer les deux cent quatre-vingts euros ? Demander à mes grands-parents ?

Avec eux, les conversations au téléphone ne nous servent qu'à tenir à distance tout soupçon, masquer nos existences calfeutrées, notre survie quotidienne parmi les autres. « Envoie-nous une photo de toi, ma chérie, tu as dû tellement changer ! Et ta mère, elle travaille ? », « À mi-temps… ».

Toujours les mêmes réponses. Je ne comprends pas pourquoi mes grands-parents ne traversent pas la France, ils verraient comment nous vivons, les mensonges seraient inutiles. Je remercie à chaque fois pour les étrennes qu'ils m'envoient à mon anniversaire et Noël, ne se doutant pas que je les utilise pour acheter des fournitures scolaires et mes vêtements en soldes. Maman est fâchée avec eux, ils ne l'auraient pas soutenue au moment de la séparation. Pendant toute sa jeunesse, maman a dû sans cesse les solliciter pour tenter d'obtenir attention et affection, maintenant « c'est terminé ». On dirait que maman leur en veut presque de payer notre loyer, d'être à l'aise financièrement. Parfois, je me persuade de leur révéler la vérité sur notre situation, mais les phrases ne sortent jamais quand l'occasion se présente. Je voudrais qu'ils devinent sans avoir besoin d'expliquer l'humiliation permanente, et cette peur que maman ne tienne plus, que quelque chose se décroche.

J'entends maman sous la douche, elle en prend toujours une le soir et peut-être le matin pour sortir de sa torpeur. J'entre dans sa chambre et ouvre le tiroir de la commode, m'empare du chéquier. À mon bureau ma main hésite, malhabile, je n'ai jamais fait cela, signer un chèque à la place de maman. Il m'en faut trois pour régler, comme cela a été proposé par le collège.

Supprimer le dessert peut-être ? Je m'endors le cœur lourd, il n'y aura sans doute pas assez sur le compte, même en dépensant moins. Étienne est là pour plusieurs jours et bien qu'il ne mange presque pas à la maison, il nous coûte cher. Je l'imagine avec des copains ce soir, où vont-ils ? Certains sont majeurs, d'autres, comme lui, ont seize ans et la permission de sortir le soir. Moi, je garde maman.

30

C'EST encore plus dur de me lever tôt alors qu'Étienne est là en vacances, mais je préfère tout de même aller au collège.

La documentaliste me sourit, nous ne sommes pas très nombreux à venir dans les lieux avant le début des cours. À l'écran, la petite flèche Google s'agite comme une mouche énervée sur ce que je pense être le domicile de mon père. J'ai accès à une vue en hauteur de sa maison, du quartier, des jardins. Je ne trouve pas d'autres informations, où chercher? J'ai identifié un nom, une adresse, un numéro de téléphone fixe, mais aucune des photos ne me paraît être la bonne. Le CDI est silencieux. Des images, des projets tournent dans ma tête, je ne sais pas quoi attendre de cette adresse de mon père, si c'est bien la sienne, si je dois me réjouir ou non. S'il m'aime encore. Je suis folle de penser à lui, ça pourrait tuer maman. Il nous a oubliés, je ne vois pas en quoi, maintenant, payer mon voyage lui tiendrait à cœur.

Dix-sept heures. L'éducateur, un homme, car Étienne « manquait de référence masculine », arrive bien à l'heure. D'une trentaine d'années, il paraît sympathique avec ses baskets et son sweat sous sa veste, parlant beaucoup, semblant valider mentalement les mots que nous nous évertuons à trouver pour le rassurer. Maman s'est peint les lèvres, a repassé un chemisier blanc, lui aussi ravivé au vinaigre, elle apporte en souriant un jus de fruits et quelques cacahuètes que j'ai achetés la veille du rendez-vous. Je la regarde, ne suis plus habituée à la voir habillée et maquillée. Ses pommettes ont pris vie artificiellement, ses paupières s'ouvrent et se ferment dévoilant un bleu pastel, sa bouche rosée a une consistance que je ne lui connaissais pas. Nous nous installons tous les quatre dans le salon. Maman écoute attentivement l'éducateur lui relater les progrès d'Étienne, le projet d'internat qui sera renouvelé l'année prochaine, le chantier d'insertion auquel mon frère participera cet été avec d'autres jeunes. Docile et concernée, maman trouve les ressources pour se tenir droite, poser les bonnes questions. J'en suis à la fois rassurée et irritée. L'éducateur pourra de nouveau noter dans son rapport que le domicile est « adapté », maman « se saisit de l'aide éducative qui est proposée, se montre fière des progrès de son fils, aussi bien au niveau scolaire que comportemental ». Nous nous détendons un peu, je le sens à la mâchoire moins crispée de maman, à Étienne s'appuyant au dossier en décroisant les jambes. L'éducateur ne se doute pas que dans la cuisine, à un mètre à peine de la scène où nous nous attachons à ne commettre aucun faux pas, les placards sont vides, le contenu du frigo largement insuffisant pour une famille de trois personnes. Il n'a pas compris que maman s'est costumée pour lui et que le jus d'orange que nous lui offrons est un luxe. Nous cachons notre pauvreté, un secret bien gardé, une solidarité sans faille qui nous maintient dans notre malheur car elle nous fait honte.

Peu avant la fin du rendez-vous, l'éducateur annonce qu'il va « quitter l'institution », un de ses collègues prendra le relais. Maman se désole mais nous pensons secrètement que le simulacre ne sera que plus simple à répéter. Il nous serre la main et m'abandonne à mon sort, rassuré de « cette bonne alliance de travail », aussi aveugle que sourd. Il a emporté la gaieté que nous avions réussi à installer avec notre petit théâtre, à laquelle j'aurais voulu croire. Maman enlève son déguisement et réajuste son peignoir fleuri râpé aux coudes, on ne se parle pas, chacun repart épuisé dans sa chambre.

« Chère mamie, c'est Nina, nous ne nous sommes pas vues depuis longtemps, mais je me souviens de tout. »

Je n'avais pas pensé tout de suite demander à mamie Do, mais depuis que mon courrier est posté, des souvenirs viennent me chercher. Je suis sur la trottinette en jupe rouge par-dessus mon pyjama. Ou encore, mamie démêle mes cheveux, je crois sentir sa douceur, son habileté quand elle me coiffe d'un chignon de mariée, avec de minuscules roses blanches en tissu piquées dans ma chevelure. Et cette promesse que je lui avais faite, m'occuper d'elle quand elle serait âgée.

La vie m'apparaît moins sombre, je vais au collège enveloppée de cette chaleur douce, ma grand-mère voudra sûrement m'aider, ne me laissera pas tomber en recevant un appel au secours. Nous enverra-t-elle l'argent du voyage à temps ?

Je me couche, mon doudou coincé sous mon aisselle.

La soupe de légumes arrive fumante, maman en plus jeune boude et refuse d'en manger, alors mamie Do se fâche, prête à lui flanquer une taloche. Maman devient aussi minuscule qu'un vermicelle, mais moi je mange comme il faut et mamie me félicite, caresse ma tête, fière. Je suis un beau poupon obéissant, joufflu, les cuisses dodues ; je me tiens bien droite sur ma chaise haute, mamie Do réajuste ma serviette autour du cou, de ma gorge. Elle serre de plus en plus fort, jusqu'à ce que je vomisse mon repas comme un geyser en éruption ; c'est trop pour la bouche d'un bébé, ça se déverse encore, assez proprement néanmoins. Quand c'est terminé, je descends seule de ma chaise haute et pénètre dans un sous-bois profond. Je connais cette odeur d'humidité.

31

Je n'ai pas de meilleure amie, m'entends correctement avec tout le monde. Marie et Lila, qui ne veulent pas être séparées, proposent que je me joigne à elles dans les familles d'accueil. J'accepte. En signant la charte de bonne conduite, nous nous engageons tous à être respectueux envers l'ensemble des élèves, familles et enseignants durant le séjour.

Le soir, cœur battant, je récupère le contenu de la boîte aux lettres, quelques factures et papiers administratifs, jamais autre chose. J'attends la lettre de mamie Do. Il ne faudrait pas qu'elle tarde à répondre. Depuis l'envoi du courrier, je m'occupe des courses sans rechigner et notre quotidien a repris son ton habituel, un peu plus gai pour maman du fait de la présence de mon frère.

Maman est prévenue, je n'achèterai pas tout ce vinaigre blanc noté sur la liste. Elle proteste vivement qu'elle en a besoin, risquerait d'en manquer, la bouteille ne coûte que quatre-vingt-dix centimes, il lui en faut. On peut avoir une addiction au vinaigre ? Étonnamment, Étienne me soutient :

— Maman, arrête, ça pue ce truc-là !

Maman fait « non » de la tête d'un air lugubre, nous nous détournons, gênés, peinés.

Fin des vacances pour mon frère, il s'en va dimanche, maman pleure. Pourrait-elle supporter que je parte en Espagne? Étienne est redevenu vivable depuis son internat à cent kilomètres, maman a oublié les épisodes difficiles avec lui. Étienne est sûrement soulagé de son départ, je le suis également, il ne nous porte aucun secours.

Quand j'avais six ans, c'est lui qui m'a appris à faire du vélo. Maman avait un lumbago, ce mot étrange résonnait à mes oreilles comme un avertissement, ne rien attendre d'elle dans ces moments-là. Cela lui arrivait quelquefois. Elle s'extrayait déjà de notre vie, il lui était impossible d'assurer la moindre tâche ménagère, de prendre un repas à table, de s'occuper de nous, encore moins de se courber pour me montrer comment avancer en équilibre sur deux roues. Seule la position allongée la soulageait. Je n'ai pas de souvenir particulier de mon père à cette période-là, mais celui d'une plus grande liberté pour mon frère et moi à la campagne.

Étienne avait posé ses mains à l'arrière de la selle, mis tout son poids:

— Vas-y! Pédale!

Facile à dire. Ça me paraissait une folie normale pourtant, s'aventurer là-dessus, des tas de gens y arrivaient. «On essaie plusieurs fois, et d'un seul coup on sait» avait affirmé mon frère qui se rappelait comment il y était parvenu. Je voulais que ce soit une surprise pour mes parents, et leur prouver que je n'étais plus petite, qu'il allait falloir en tenir compte, avec l'heure du coucher par exemple. Étienne commandait, m'indiquait où poser le pied, quand prendre de l'élan, bien plus sévèrement que ma maîtresse.

— Allez, jusqu'au lavoir sans arrêt! T'as intérêt à réussir.

Jamais papa et maman ne me parlaient de cette façon. Étienne prenait son rôle trop au sérieux, mais j'avais l'impression de pouvoir oublier ma peur en suivant ses conseils.

— Vas-y, tapette.

Parvenue à rouler sur plusieurs mètres, j'avais senti cette hésitation du corps, tenir encore un peu ou tout lâcher ? Atteignant son but, mon vélo s'était écroulé. En quelques foulées Étienne m'avait rejointe, l'air content :

— Tu diras bien que c'est grâce à moi si tu sais en faire ? Tu le diras à maman et papa, hein ?

Anxieux de ne pas être félicité, reconnu par les parents, sa figure semblait différente ; j'avais l'impression que mon frère n'était pas si sûr de lui finalement.

— Oui, avais-je répondu sans hésiter.

Au dîner, maman garde un visage fermé, affectée par le départ d'Étienne. Je rumine mes calculs, le temps qu'il me reste, la lettre de mamie Do toujours pas reçue.

D'un air faussement détaché, l'angoisse emprisonnant ma gorge, je relève la tête, prête à briser d'une main les verres à pied disposés en vitrine d'un buffet :

— Maman, pourquoi on n'appelle jamais mamie Do ?

Maman rapproche sa chaise de la table, le raclement sur le carrelage occupe les quelques secondes de silence. Puis sa main gauche empoigne la droite.

— Pourquoi tu es fâchée avec tout le monde ? dis-je.

Maman se décompose :

— Écoute…

— Moi, je l'aimais bien, mamie ! On ne connaît plus personne à cause de toi !

— Elle est décédée.

Délesté de ce poids, son visage se décrispe et laisse place à une expression solennelle qui me dégoûte. Je m'enfuis dans ma chambre. L'idée qui me vient en premier, c'est de mourir.

Pour punir maman. Je ne me suis pas occupée de mamie, n'ai pas tenu ma promesse. Je ne suis qu'une merde.

Maman frappe à ma porte, je me relève d'un bond :

— Non !

Les pas s'éloignent. Des bruits de vaisselle me parviennent au loin. Je m'assois sur mon lit, reste calme, et pourtant les battements de mon cœur s'affolent.

Vers vingt et une heures maman revient, stationne un moment derrière la cloison avant de toquer prudemment.

— Désolée, j'aurais dû te prévenir. Tu étais petite, tu ne posais pas de questions. Je voulais en parler plus tard.

— C'était quand ?

— Deux ou trois ans.

J'ouvre ma porte, et sans m'embarrasser d'aucune préparation, j'annonce à maman que j'ai retrouvé mon père sur internet. Elle accuse le coup en l'apprenant, les yeux humides, les traits pétrifiés.

— Pleure pas, maman, dis-je d'un ton sec, agacé.

Elle essaie de se retenir, essuie une larme silencieuse.

— Je ne t'empêcherai pas, tu peux tenter de reprendre contact si tu veux…

— T'as jamais rien fait pour !

Elle soupire avec résignation. Je détourne les yeux, j'ai peur que mon regard trahisse ma surprise, ma peur. Je ne sais pas si j'oserai le rencontrer un jour.

— Je ne voulais plus y penser, souffle maman les dents serrées, la tête baissée.

— Toute façon, je n'ai aucune envie de le voir, c'est trop tard, dis-je.

— Je comprends, c'est normal, ajoute-t-elle.

Je me lance de tout mon poids pour refermer la porte, j'ai juste le temps d'apercevoir le visage blême de maman, que je voudrais broyer entre mes doigts :

— Je ne veux plus te parler !

J'ai hurlé.

— Bonne nuit, Nina, finit-elle par articuler de cette pauvre voix douloureuse qui m'est devenue insupportable.

Le temps est loin où nous pouvions rire et partager nos secrets avec Solène. Chacune, nous savions que la mère de l'autre avait ses fragilités, ses failles. Cela nous réconfortait sans qu'on ait besoin de se le formuler. Je me sens seule, vulnérable, comme une maison dépourvue de murs, traversée par des vents violents que rien n'arrête.

Épuisée, je m'endors tout habillée. Je me réveille à deux heures du matin, gênée par mon jean et cette odeur de terre humide, fougère, boue. On est dans la forêt. La main d'Étienne est glacée jusqu'à l'os, j'ai mal à ma plaie au genou. Une petite pluie fine tombe et rehausse cette odeur de froid, de nuit, de solitude. J'entends maman marcher dans l'appartement et les bruits de la forêt s'éloignent. Depuis combien de temps a-t-elle arrêté les somnifères, dormant le jour lorsque l'appartement est désert et faisant le ménage la nuit ? Je parviens à me recoucher sous ma couette. Je ne pourrai pas partir en Espagne.

Le réveil est difficile. Je constate avec un certain malaise que la salle de bains a été nettoyée imparfaitement, ou peut-être même pas faite du tout. Maman ne s'est pas occupée des traces de dentifrice dans la vasque, ni des taches le long du miroir que je laisse toujours là où nous nous lavons les dents. Comment a-t-elle trompé son insomnie ? Pensive, je brosse vigoureusement mes cheveux au-dessus du lavabo, puis laisse la pièce en son état habituel, maculée par mon passage. Je file au collège.

La lettre destinée à mamie Do revient avec la mention « n'habite pas à l'adresse indiquée », je la fourre dans mon sac en rentrant des cours, abattue par cette double confirmation.

— Suis là !

Je sursaute en voyant maman déjà levée, installée immobile face à la table de cuisine, en enfant punie, le regard vissé sur moi.

— Bonjour, dis-je pour retarder le moment pesant où elle va me parler.

Je sors machinalement les céréales du placard, ouvre le frigo, le lait est au centre, une boîte de thon odorante occupe le dernier étage, les compotes de maman sont alignées dans les clayettes à côté de mes yaourts.

— Le collège et la banque m'ont appelée, deux chèques de quatre-vingt-treize euros ont été refusés, la carte bleue est bloquée.

Je ne peux que mettre ma main devant ma bouche, sans parvenir à réaliser totalement ce qui vient de se produire.

— Alors ? demande-t-elle.

— Je suis désolée, maman !

Ce semblant d'assurance, cette distance à son égard, la récente dureté qui me soutenait encore à l'instant s'effritent d'un bloc.

— Pardon !

Horrifiée de nous avoir mises dans cette situation, je voudrais tout arranger, comme avant. Préparer un *mug-cake*, sortir notre petite couverture capitonnée, regarder un film. Je me sens ravagée de culpabilité.

— J'ai discuté avec le CPE au téléphone, le voyage est dans quelques semaines, trop tard pour faire une demande d'aide, on aurait pu sinon ! C'est très grave d'imiter une signature sur un chèque… Pourquoi t'as rien dit ?

Maman a prononcé davantage de mots qu'en un dîner ensemble, comme avec l'éducateur l'autre jour. Elle me regarde maintenant fixement, presque avec arrogance, dans une attente silencieuse qui se transforme en éternité. Si je l'avais observée en arrivant, j'aurais deviné que quelque chose s'était produit aujourd'hui. En contact avec des personnes extérieures, son visage a une respiration différente, elle semble avoir enfilé son peignoir à l'instant. Elle aurait pu rentrer du travail, avoir endossé cette tenue pour être plus à son aise après les transports en commun, éprouvant le besoin de se détendre, de mettre sa journée de côté en prenant une douche et se parfumant. Finalement, elle aurait changé de peignoir, choisi le grenat bordé d'une petite fourrure blanche qui rappellerait celle de ses mules. Maman continue à me parler mais je ne l'entends plus. Ce n'est pas moi qui ai réussi à faire changer son visage. Je suis juste celle qui l'a retenue par les cheveux, afin qu'elle ne se noie pas tout à fait.

32

Depuis deux semaines la météo a complètement changé, les journées ont rallongé. En rentrant des cours j'aère le salon, la cuisine et ma chambre, laisse pénétrer le soleil, les bruits de la rue. L'appartement semble alors différent, presque habité par des inconnus. Je suis à la fois excitée et terrifiée d'aller une semaine chez mon père. L'éducateur a tout organisé. Maman ne s'y est pas opposée. Elle a juste baissé les yeux lorsqu'il l'a informée que mon père paierait le billet, mais qu'il prendrait également intégralement en charge mon voyage scolaire en Espagne. Et maman n'a plus prononcé le moindre mot.

Elle ne pourra pas m'accompagner demain matin prendre mon train pour Nice. Réussir à se lever, s'habiller, sortir, affronter le regard des autres ; insurmontable pour elle. Depuis l'organisation de cette visite, maman ne sort presque plus de sa chambre. J'ai reçu mon billet SNCF par la Poste, il était bien à mon nom. Je l'ai glissé immédiatement dans la poche de mon sac à dos, ainsi que ma pièce d'identité. Quinze heures. Ma lessive est sèche, je plie mes vêtements, réunis quelques affaires de toilette, je n'aurai pas grand-chose à emporter. Maman ne s'est toujours pas levée aujourd'hui. J'ignore s'il faut l'embrasser sur la joue ou le front, elle est endormie, sa respiration appesantie par des années de mélancolie, de nuits blanches. Lorsque je m'approche du lit, l'odeur confinée de la pièce encore imbibée de la nuit me saisit, une atmosphère lourde de sueur, souffle aigre entrant et sortant d'un corps qui ne se lave plus. Les draps embaument encore le parfum de sa peau que j'ai toujours connu, aimé, mêlé désormais à celui du matelas usé qui garde les marques de transpiration, dessinant les contours flous d'une silhouette incrustée dans la chair du tissu. Elle n'a pas voulu de son dîner que je lui ai apporté la veille, le plateau est resté intact, posé à même le sol. J'aimerais qu'elle boive au moins un verre d'eau.

— Maman ?

Je n'ose plus la toucher. Peut-être qu'elle se réveillerait si je pressais son épaule, son bras, son front.

— Maman ?

Jamais je ne trouverai le courage de partir demain matin si elle dort. Je serai incapable de lui envoyer un baiser tendre de loin et de fermer la porte derrière moi. En l'espace de quelques instants, j'imagine que maman feint de ne pas m'entendre, ni me voir, et m'infligerait volontairement le spectacle de sa déchéance pour me punir de la quitter.

— Maman ?

Sous ses paupières closes, les yeux frémissent, semblent rouler sur eux-mêmes, chercher une issue à tout ce noir. Les yeux luttent encore, en vain, puis plus faiblement, et les paupières renoncent à s'ouvrir.

Je raccroche le téléphone, presque rassurée malgré une pression au cœur. Qu'aurais-je pu faire d'autre ?

Lorsque j'ouvre aux pompiers, je reste abasourdie et ne peux que montrer du doigt où se trouve la chambre de maman ; à part l'éducateur, aucun étranger n'a pénétré chez nous depuis six ans. Ils sont trois, deux hommes et une femme. J'ai l'impression que la police vient d'arriver, que nous avons commis un acte grave, que je serai sanctionnée. Mon dos se colle à la porte d'entrée, si mes jambes pouvaient me porter, je m'enfuirais. J'entends les pompiers parler entre eux, interpeller maman, sortir du matériel ; quelque chose se déplie, tombe au sol, un son mat, puis un cliquetis. La femme apparaît la première.

— On va emmener votre mère à l'hôpital. C'est bien vous qui avez appelé ?

J'acquiesce de la tête.

— Vous avez quel âge ?

— Treize ans.

— Quelqu'un d'autre vit ici avec vous ?

— Mon père et mon frère. Ils vont bientôt arriver.

— Je vais les attendre avec vous.

— Merci, mais j'ai prévenu mon père, il a quitté son travail. Mon grand frère termine les cours dans une heure, il sera là aussi.

La femme me regarde avec circonspection.

— Donnez-moi le numéro de votre père, je l'appellerai en route, conclut-elle soulagée.

Les pompiers prennent garde de ne pas heurter la civière, notre couloir est étroit. Ma gorge se noue, maman est recouverte d'une couverture de survie, seule la tête dépasse.

— Ne vous inquiétez pas, ça va aller. Votre mère a besoin de soins, ils vont bien s'occuper d'elle à l'hôpital, me dit l'un des pompiers.

— J'ai le numéro du père, la petite l'a prévenu et le grand frère va arriver aussi, ajoute la femme à l'attention de son collègue.

Ils sont déjà prêts à repartir. Si la femme appelle le numéro que je lui ai donné, elle tombera sur le CPE du collège. Ils échangent entre eux quelques phrases concernant l'état de santé de maman, comme si je n'étais plus là. J'aurais su me rendre invisible, ou je serais partie quelque part dans les airs, plutôt sous terre ; ils parlent maintenant de moi en ma présence, ainsi que les adultes font toujours avec les enfants. Imperceptiblement, maman tourne son visage dans ma direction, à moins que ce ne soit moi qui m'ajuste à l'angle du sien. Ses yeux sont ouverts maintenant. Je distingue dans la pénombre ses pupilles ternies, mais je suis incapable d'y lire si maman m'en veut, ou si elle me remercie. La porte se referme sur eux, je tire le verrou, file me réfugier dans ma chambre. Je ne peux ni pleurer, ni crier, je veux juste rester la tête contre l'oreiller et attendre demain matin. Je jurerais que l'odeur de cette nuit-là, dans la forêt, est revenue jusqu'à moi.

Partie V

Partir

33

Le son du moteur me berce, mais je ne suis pas complètement relâchée. Mon père conduit, à sa vitesse. La vitre arrière, à moitié ouverte, tremble légèrement et vient ajouter un bruit inédit à cette carcasse de voiture si lourde à déplacer. Elle me fait penser à un monstre marin mis sur pieds par un savant fou. Il suffirait d'un rien pour qu'une des pièces se détache au milieu de la route et, deux kilomètres plus loin, le monstre énorme et fragile s'écroulerait sur lui-même dans un fracas immense. Nous rentrons de Sanremo en Italie, « ce sera dépaysant » avait suggéré Thérèse restée à la maison. Elle attendait sans doute que nos retrouvailles aient lieu enfin entre mon père et moi, qu'une rencontre se produise, que l'un de nous rompe ce silence auquel j'avais presque fini par m'habituer pendant toutes ces années sans le voir, ni lui envoyer une photo, pas même tenter un appel. J'étais avec maman. Je n'ai jamais confié à quiconque qu'elle allait mal, c'était notre secret à toutes les deux. Un secret que personne n'a cherché à percer. Si quelqu'un m'avait véritablement demandé comment nous vivions toutes les deux, aurais-je pu dire la vérité ? Si l'on m'avait posé un jour la question « Est-ce que ton père te manque ? », qu'aurais-je répondu ?

Nous abordons ce grand virage en côte près de la maison de Thérèse et mon père, puis apercevons le paysage qu'il semble tant aimer, celui d'une carte postale souvenir que l'on accrocherait au-dessus du bureau, ou sur le frigo. Le genre d'attention que j'aurais adoré découvrir dans ma boîte aux lettres, comme Solène. Cartes d'anniversaire jamais reçues. Milliers de soirs où il ne m'a pas bordée. Bulletins scolaires restés sans signature. Vacances que nous n'avons pas passées ensemble. Ces choses banales pour les autres, des confiscations d'amour pour moi. Petite, dans les premières lettres que j'adressais à mon père, je lui demandais de se montrer à la sortie de l'école – « même pas longtemps » – ou devant la boulangerie, là où il avait disparu. Et puis j'ai compris qu'il était inutile d'envoyer mes courriers, qu'ils resteraient dans le tiroir de mon bureau.

Mon père admire la vue. Casquette vissée sur le crâne, il embrasse le paysage dont nous ne partageons pas la beauté. Et moi, est-ce que je présente un intérêt à ses yeux ? J'ai treize ans, je suis là maintenant, mais je ne sais pas si mon père l'a remarqué. À la gare, il ne m'a pas reconnue. Je le regarde avec dépit, rancœur, l'image enfouie du père de mes sept ans s'est volatilisée. C'est ça qui est « dépaysant ». Enfant, je n'attendais rien d'autre de mon père qu'il réapparaisse. Et maintenant qu'il est là, ça commence à faire mal. Une maladie grave, une douleur se réveille. J'essaie de chasser la raideur qui apparaît dans ma nuque, dans mon dos et mes côtes qui se resserrent.

— Il faut la gâter, ta fille ! s'insurge Thérèse en considérant les quarante-huit heures qu'il nous reste à passer ensemble.

Mon père s'occupe du dîner, approuve de la tête en retournant le poisson grillé sur le barbecue, comme un employé docile. Une partie de la peau argentée reste collée à la grille brûlante, et le poisson apparaît alors la chair à vif, dans toute sa blancheur, sa brillance. Je vois passer au fond du regard de mon père un chagrin, un abattement, vite balayés par les gestes que requiert la préparation du plat. Le jour de mon arrivée à la gare, j'avais trouvé ces yeux-là très beaux, je n'étais pas certaine que ce soit mon père sur le quai. Pourtant, je l'avais su immédiatement.

À la fin du repas, après avoir débarrassé les assiettes, Léa s'affale sur le canapé du salon. Ses cuisses fines et bronzées habillent un short court, mettent en valeur avec élégance le cuir satiné des coussins. Je m'imagine à sa place, ça ne produirait pas le même effet. Le chaton se précipite sur Léa et se colle en boule contre son ventre, sa maîtresse le dorlote en s'emparant de la télécommande, passe d'un programme à l'autre. La bouche boudeuse de Léa marque son insatisfaction, son index ordonne à la télécommande de lui obéir. Elle obéit.

— Maman ! s'exclame-t-elle subitement sans quitter la télévision du regard.

Thérèse vient prendre place à côté d'elle. Léa change de position pour s'emboîter confortablement contre ce corps accueillant, leurs jambes s'enlacent, le chaton se déplie et s'étire de tout son long, se rendort.

— T'as vraiment des belles jambes pour une femme de ton âge ! lance Léa à sa mère en lui caressant le mollet du plat de la main.

Thérèse rit avec coquetterie. Gênée, je récupère les verres sur la table. Mon père, lui, traverse la pièce comme un fantôme, sans intervenir, ni déranger.

— On rangera après, viens avec nous, Nina, me propose Léa.

D'un signe de la main, je montre les verres sales que j'ai empilés les uns sur les autres et m'apprête à ramener dans la cuisine. Je n'ai aucune envie de les rejoindre. Je croise l'ombre de mon père repartant au sous-sol travailler, c'est son heure.

— Tu vas où ? dis-je, presque avec hargne.

Mon père sursaute, surpris du ton de ma question.

— Suis en bas, si tu as besoin, répond-il avec cette voix qui me fait tressaillir, m'abandonne au milieu du désert.

Mon père m'a déjà tourné le dos et s'apprête à descendre les quelques marches qui le séparent de son bureau.

— Tu as reçu mes lettres quand j'étais petite ?

Il s'immobilise, ça cogne à l'intérieur de moi. Violemment.

— Non. Désolé.

Mes doigts se resserrent sur les verres. Sa main reste en suspens sur la rampe d'escalier, il pivote de trois quarts, me jette un coup d'œil furtif dans la pénombre.

— J'avais pas d'adresse fixe avec la caravane.

Puis mon père repart, et ma tentative échoue là.

Je n'ai pas le temps d'être déçue ou d'avoir mal quelque part ; inutile. La balle siffle à mes oreilles et vient traverser son dos, elle dessine un petit trou très propre en le pénétrant ; il s'effondre dans les escaliers sans aucune douleur. Sa tête vient heurter le carrelage en un bruit sourd de pastèque tombant au sol. Le jour baisse pour laisser place à l'obscurité, c'est étroit là-dedans, les violons ne pourraient s'y déployer, en revanche les aigus du piano fonctionnent très bien. Je m'assois sur la première marche pour mieux les entendre, et le son pur de l'instrument monte jusqu'à moi, effleure ma joue, mes cheveux.

34

Téléphone ou bijou, je peux choisir, propose Thérèse alors que nous terminons des courses au centre commercial. De même que cette chemise qu'elle lui a demandé de porter au lieu d'un tee-shirt taché, mon père n'y avait pas pensé et la remercie de cette idée. Il va maintenant remplir sa mission, « me gâter ». Thérèse me sourit, cherche une complicité, ça me dégoûte presque.

Avec cette chaîne plaqué or, je me sens dégagée de l'obligation de recevoir ou de leur envoyer des textos une fois rentrée à la maison. Pourtant, j'aurais aimé que l'on m'offre un portable.

— Vous réglez en carte ? demande la vendeuse.

Mon père répond par une suite de mots inaudibles, trouve au fond de sa sacoche usée son chéquier enroulé sur lui-même, comprimé par un élastique, qu'il déplie lentement de ses doigts maladroits. Il chausse des lunettes aux verres sales que je ne lui ai jamais vu porter ; son ticket de caisse dans une main, de l'autre il met des heures à écrire la somme en toutes lettres. Comme s'il ne partageait plus la même temporalité que nous tous. Comme le monstre marin sur roues. Dans ce rayon joaillerie du supermarché, j'ai honte de lui, de moi. Je regarde si on nous observe, si quelqu'un se moque de l'allure de mon père, de celle de Thérèse qui porte des minijupes à son âge, de mon jean gris « trop large ». Il ne manque que le clown de Saint-Tropez qui viendrait montrer aux yeux de tous combien nous sommes ridicules, pitoyables et désassortis.

— Je fais un papier-cadeau ? s'enquiert la vendeuse.

Je me tourne promptement vers mon père, scrute son visage, dans une attente folle qu'il comprenne. Mais il paraît indifférent à la question qui vient de lui être posée, s'apprête à refuser peut-être.

— Oui, s'il vous plaît, dis-je subitement, le cœur battant.

Je jette un coup d'œil du côté de mon père, mais il ne réagit toujours pas ; il s'occupe d'enrouler son chéquier, ranger son stylo, chercher ses lunettes qu'il a laissées en serre-tête sur sa mèche grise. Je me redresse, le menton haut, le dos tendu, digne. J'admire le papier-cadeau magnifique que la vendeuse lisse de la paume de la main. L'objet devenu invisible ; ce sera une surprise lorsque je l'ouvrirai. Mon père a tout oublié. Son regard s'est gelé.

Sur le chemin du retour, nous stoppons le véhicule dans le virage préféré de mon père. En une longue inspiration, il absorbe le panorama tout entier. À l'intérieur de la voiture, Thérèse trépigne, une minuscule connivence naît entre nous. Mon père se rassoit face au volant, rassasié, satisfait. Il n'a pas besoin de moi dans sa vie. Je tiens en équilibre sur mes cuisses le petit sac en papier contenant mon cadeau, je n'ai pas réussi à dire merci. Je ne sais pas si mon père peut me voir dans le rétroviseur. Au cas où, j'essaie de me composer un visage détaché. Je pourrais presque, moi aussi, afficher un demi-sourire. Le cafard me prend au creux du ventre.

Une pluie éparse apparaît sur les vitres, le ciel s'assombrit, « C'est bon pour le jardin » se réjouit Thérèse. Nous déjeunons pour la première fois au salon. Je ne peux m'empêcher de faire remarquer avec agressivité à mon père :

— C'est bien la table qui était chez mamie Do, non ?

Il relève la tête, sa gorge enfle légèrement, puis il pose sa fourchette.

— Oui, lâche-t-il dans un souffle.

— Tu te souviens de ta grand-mère ? interrompt Thérèse.

Mon père reprend sa fourchette.

— Je me souviens de tout, dis-je, contrariée de l'intrusion de Thérèse.

Nous mangeons silencieusement. Je termine mon risotto en délaissant les palourdes sur le côté.

— Tu n'aimes pas ? demande Thérèse.

Je hausse les épaules en guise d'excuse. Thérèse contemple mon assiette.

— Pourtant, on ne mange pas des moules-frites à Lille ? C'est un peu pareil, tu sais.

Je ne sais pas quoi répondre. Je pense aux compotes de pommes restées dans le frigo à la maison, ainsi qu'aux yaourts nature. J'espère qu'ils ne seront pas périmés, je ne supporterais pas de les gâcher.

— Demain, pour ton départ, on devrait retrouver le soleil. Ça ne dure jamais longtemps la pluie ici, conclut Thérèse.

Le ciel devient presque noir, et la sortie prévue cet après-midi avec mon père est reportée « à une prochaine fois », si un jour je reviens.

Assise sur le lit, je feuillette des magazines féminins appartenant à Thérèse. Les conseils beauté ne me disent rien, ni les vêtements, l'article « Comment éviter la crise de couple » non plus. Je passe directement à l'horoscope.

Thérèse frappe à ma porte :

— Ça va ?

Je réponds par un signe de tête affirmatif.

— Ton père est parti faire une course. Je dois m'occuper d'une maison pas très loin, tu viens avec moi ?

Je décline poliment.

— Allez, mets ton maillot ! Il y a une piscine couverte, mes patrons sont absents.

— Merci, c'est pas la peine.

L'idée de me baigner chez des inconnus pendant que Thérèse viderait les cendriers, passerait le balai, changerait les draps, me révulse.

— Je pensais que tu serais contente, relève-t-elle, vexée.

— Je suis bien ici, dis-je, rougissante de ce mensonge.

Thérèse enfile ses chaussures, ferme la porte d'entrée, je n'entends plus rien. La maison est vide.

L'odeur du tabac froid, mêlée à celle d'eucalyptus chimique qui émane d'un diffuseur poussiéreux, me donne mal au cœur. Les étagères du bureau de mon père sont remplies de dossiers, de pochettes plastiques qui débordent, la table de travail regorge de documents de toute sorte, le lieu est sombre et étroit. Je me demande comment Thérèse supporte ce désordre, si elle entre ici quelquefois. Je m'assois sur le large fauteuil à roulettes au dossier haut, à l'assise profonde, aux accoudoirs défraîchis. J'ai l'impression d'être une petite fille dans l'antre du monstre marin. Je sais ce que je cherche en ouvrant les tiroirs, en feuilletant ses dossiers, en déplaçant une boîte en haut du meuble derrière la porte. Je maintiens les coudes presque serrés contre mes côtes, j'essaie de ne provoquer aucun bruit, que mes gestes restent mesurés, calmes. Aucune émotion. J'ignore pourquoi j'ai envie d'aller aux toilettes à ce moment-là, je m'y refuse, sinon je n'aurai jamais le courage de redescendre continuer ma fouille. Voilà ce qu'il faudrait trouver : une photo de moi, de mon frère ou maman, une image d'avant. Une preuve qu'il se souviendrait de nous, que nous avons existé, qu'il aurait continué à penser à moi. Qu'est-ce qu'il a fabriqué pendant six ans ? Où était-il ? Pourquoi n'a-t-il jamais écrit ? Je ne veux pas croire que maman m'aurait caché ses lettres, elle n'aurait pas eu cette cruauté. J'inspecte méthodiquement une armoire pleine d'archives, une bibliothèque contenant des livres de travail ; le moindre recoin est passé au peigne fin, jusqu'aux poches d'une veste pendue à la poignée du soupirail. En vain. J'entends des pas dans l'escalier et me pétrifie. Mon père apparaît, aussi stupéfait que moi, ses yeux parcourent les dossiers éventrés sur le carrelage. Hébété, il reste les bras ballants puis tente un pas en avant pour les ramasser.

— Mais…, lâche-t-il juste, l'air idiot.

— Tu n'as même pas de photos de quand j'étais petite. Ça ne sert à rien cet effort de venir te voir, dis-je la voix éraillée par une aigreur contenue, que je voudrais vomir.

Mon père s'immobilise de nouveau.

— Elles sont restées chez ta mère, s'excuse-t-il le visage blême, les bras maintenant serrés le long du corps comme pour se soutenir lui-même.

Une rage monte en moi, comprime ma poitrine, envahit mon crâne :

— Si tu m'avais écrit, j'aurais pu t'en envoyer !

— Je suis désolé. J'aurais bien voulu en garder de ton frère et toi.

— C'est pas vrai !

J'ai hurlé, hors de moi. Mon père reste interdit. La luminosité baisse, il va bientôt pleuvoir ; des senteurs de terre prête à recevoir la fraîcheur pénètrent par le soupirail. Imperceptiblement, mon père incline son menton, sa peau du visage et ses joues distendues semblent se soumettre au fléchissement du front, du cou épais qui ploie, du torse qui s'affaisse sur lui-même. Dans un sursaut, le monstre marin ramasse les parties écroulées de sa personne et déguerpit, tel un paria. Je monte les escaliers en courant pour le rattraper, Thérèse est en haut des marches, ébahie, son sac à main sur l'épaule. Je la bouscule au passage et file me réfugier dans la chambre.

— Tu sais, ton père a beaucoup souffert ! s'exclame-t-elle.

Je lui claque la porte au nez.

— J'ai bien vu, il était tout cassé cet homme quand je l'ai rencontré ! ajoute-t-elle derrière la porte.

Et moi ? Personne ne m'a vue.

Je tire aussitôt les rideaux et me couche dans le lit, mon doudou contre mon cœur. La pluie commence à taper sur les vitres. Ma fureur est toujours là, mais aussi dure que la pierre, blanche, froide. J'aurais dû me contenter de laisser mon père payer mon voyage scolaire, c'est tout. Demain, à la même heure, je serai auprès de maman à la maison. Et de nouveau, j'oublierai mon père s'il le faut.

Au dîner, l'ambiance est peu animée malgré la présence de Léa. La pluie s'est arrêtée en milieu d'après-midi, je ne m'en suis pas aperçue, j'ai dormi jusqu'à maintenant. La table installée dans le jardin et une guirlande d'ampoules multicouleurs accrochée entre deux arbres créent une atmosphère de fin de bal de 14 Juillet. Tomates mozzarella, spaghettis carbonara, gâteau au chocolat ; Thérèse a composé un menu spécial adolescent.

Léa me demande si ma « mère se sent mieux », je rougis à sa question, contrariée. Je n'aime pas l'idée que tout le monde sache que maman souffre, que je n'ai pas réussi à la consoler de sa mélancolie.

— Je crois qu'elle est déjà rentrée de l'hôpital, dis-je.

Thérèse confirme de la tête ; ils ont dû être prévenus de son retour. Mon père n'a pas cillé. Il reste silencieux, les bras croisés contre son torse. Pendant quelques instants, nous entendons s'éteindre le chant d'un oiseau, puis une brise légère ébouriffer les feuilles de l'arbre sous lequel nous terminons notre repas. Thérèse jauge l'assiette de mon père, l'air désolée de son manque d'appétit ce soir. Puis, d'une main experte, elle examine la coiffure de mon père, se saisit d'une mèche entre l'index et le majeur pour en constater la longueur :

— On va couper demain.

— On laisse comme ça ! maugrée-t-il avec humeur, recoiffant ses cheveux du dessus comme pour s'assurer qu'ils sont encore bien là.

Surprise, Thérèse s'empare d'un morceau de pain, sauce son assiette en dodelinant de la tête, dubitative. Léa, les lèvres colorées de tomate, termine ses spaghettis sans prêter attention à la scène.

— Alors, tu vas partir avec ta classe en Espagne ? s'enthousiasme Thérèse.

— Oui, dis-je avec soulagement.

— Tu vas adorer ! s'exclame-t-elle.

Les yeux dans le vague, mon père approuve de la tête.

— Ton père est content de pouvoir faire ça pour toi, c'est normal ! ajoute Thérèse.

Je me tourne ostensiblement vers lui. Dans la pénombre, ses cheveux gris-blanc semblent éclairer son visage, adoucir ses rides, gommer son menton effondré. Mais ses traits ont pris une expression butée, hagarde. Triste. J'ai beau le fixer des yeux, il ne répond pas à mon attente muette. Nos regards ne se croisent pas. Je voudrais le tirer par le bras, comme avant pour nous faire traverser la rue, et quand il m'était facile de l'amener à céder à mes caprices. J'ai perdu ce pouvoir-là depuis longtemps. Les ampoules multicolores forment des halos de lumière sur sa chemise écrue, on dirait un mime déconfit sorti de scène. La représentation terminée, la salle s'est vidée ; il se retrouve tout seul.

Thérèse revient avec le dessert et une bouteille de champagne. Nous trinquons « au voyage en Espagne », j'accepte une demi-coupe sans hésiter. Léa redevient le centre d'attention, raconte ses différentes « classes vertes », dont celle à la montagne pendant l'école primaire. Au récit de ses péripéties sur des skis, quelques rires de Léa et Thérèse fusent, mais ils semblent partiellement contenus, comme lorsque l'on s'interdit de rire après un enterrement.

Léa a envie d'une glace en bord de mer et me propose de l'accompagner avec Thérèse. Je refuse poliment. Au moment de prendre son sac à main, embarrassée, Thérèse demande :

— C'est ta dernière soirée. Tu es sûre que tu ne veux pas venir ?

— Allez-y sans moi, je préfère me reposer.

Elle hésite, perplexe, sa bouche forme une moue boudeuse ; en un instant je crois voir apparaître celle de Léa.

— Maman ! crie celle-ci au loin.

— Tu es sûre, Nina ?

Thérèse s'empresse de rejoindre sa fille déjà installée au volant de sa petite voiture rouge. Mon père descend à son bureau, je referme la porte de ma chambre. J'ai compris qu'il s'était résigné depuis longtemps à nous perdre Étienne et moi.

35

Mon train part à midi. Dans la cuisine, pendant que je prends mon petit déjeuner, Thérèse prépare mon pique-nique, fébrile. Puis elle s'assoit à côté de moi.

— J'espère que tu reviendras voir ton père bientôt ?... Tu pourrais lui rendre visite avec ton frère si tu veux ?

Je ne peux rien répondre, j'ai juste envie de partir maintenant, maman doit m'attendre à la maison. Je termine promptement mes céréales.

— Tu sais, si ton père en avait eu la force, il aurait pris contact avec toi bien avant. Quand je l'ai rencontré, on aurait dit un clochard, il a été très malheureux sans ses enfants.

Je me lève et dépose mon bol dans le lave-vaisselle, Thérèse soupire en me voyant quitter la pièce.

— Je vais finir ma valise, dis-je.

— Tu l'apporteras à ton père s'il te plaît ? Faudrait pas l'oublier ici, murmure-t-elle avec une pointe d'ironie.

Je ne relève pas. Après tout, en vivant avec mon père, Thérèse doit être habituée aux questions sans réponse.

Mon bagage est bouclé depuis hier soir, et j'ai laissé la chaînette dans son papier-cadeau à l'intérieur de l'armoire. Je traîne dans le jardin, encore frais à cette heure-ci, calme ; dans moins d'une heure on entendra les tondeuses à gazon du quartier. Je m'assois sur les marches fraîches de l'escalier en pierre qui divise le jardin dans toute sa verticalité, il part des hauteurs où sont disposées quelques chaises longues, jusqu'au garage contenant les outils de bricolage de mon père. Je me souviens de ma peur et de mon excitation avant d'arriver ici ; j'attendais nos retrouvailles. J'avais envie que mon père me pose des questions sur moi, sur ma vie pendant toute cette période où nous avons été séparés. Je me demandais ce qu'il avait fait, lui aussi. J'espérais lui avoir manqué.

— Nina ! Tu es où ? demande Thérèse au loin.

Mon père, lui, ne m'appelle jamais.

— Nina ? Tu viens ? Ton père voudrait te voir !

Je me lève subitement, saisie d'une sorte de panique, les jambes flageolantes, je file me cacher dans le garage.

L'intérieur est plus lumineux que je ne le pensais, le toit en tôle transparente crée une lumière douce et réchauffe les murs pavés de ciment brut. Je ne vois qu'elle, dans un coin où se reflètent les rayons du soleil, tels des projecteurs pour ranimer le poster de mon enfance. La caravane. Elle m'apparaît plus petite. Les roues ont été retirées et l'engin repose sur des essieux – a-t-il déjà été sur les routes ? Nous n'avons jamais voyagé ensemble, nous sommes restés sur le terrain toute la durée de nos week-ends. Je m'attends à ce que la porte résiste, elle s'ouvre aussi facilement que lorsque j'avais sept ans. J'appuie machinalement sur l'interrupteur, aucun éclairage ne fonctionne. Une odeur de poussière et d'humidité me submerge ; une tristesse immense m'envahit. La banquette à fleurs est dévastée. Usée, déchirée par endroits, une mousse jaunâtre ressort sur les côtés. Je ne parviens pas à actionner la table pliante, coincée. Les plaques à induction de notre kitchenette sont recouvertes de gras, de moisissures, de débris. Le frigo est à nu, sans porte. La douche a pris une teinte marronnasse. Je soulève l'échelle métallique abandonnée au sol avec une facilité qui me surprend. La machine à jambon vient brutalement me retrouver, celle qui enserrait mes côtes. L'échelle ne grince toujours pas sous mon poids, et je remarque avec horreur que notre lit, indemne, est parfaitement fait. Ce sont nos draps ici, ma peluche renard, la tête dépassant de l'oreiller, attend qu'on vienne la chercher. La nuit dans le canapé-lit chez Pierre et Annie, leur petit garçon dont j'enviais les journées, Étienne et nos pets sonores sous la couette, Kalil fumant sa cigarette la jambe repliée contre la tôle du camion, le bisou de la pieuvre de mon père, nos corps à terre dans la forêt, et maman encore belle dans son peignoir neuf ; tout est là. Comme la trace indélébile d'une morsure. Je suis tentée de récupérer ma peluche, n'ose pas finalement, elle appartient à une autre. La petite fille qui n'a pas encore pénétré dans la forêt, celle que son papa peut porter facilement d'un bras.

Je redescends au rez-de-chaussée de la caravane, la vétusté de l'espace contraste fortement avec « l'étage ». Mon père pensait-il qu'Étienne et moi allions un jour y dormir de nouveau ? Combien de temps a-t-il vécu là ? À quoi ressemblait sa vie dans cette caravane exiguë ? Je soulève la banquette où mon père rangeait ses affaires, il n'y a plus rien. J'ouvre les tiroirs, les placards où nous rangions les courses et les céréales du petit déjeuner. Un sac en plastique occupe le dernier étage, je le saisis du bout des doigts, dégoûtée par son aspect. Il contient mes lettres, éparpillées, les enveloppes ont été vidées de leur contenu. Le papier est taché, abîmé, je reconnais les cœurs et les étoiles dont j'ai inondé mes courriers. Ils n'y sont pas tous, mais ceux-ci ont été lus. Là où il se trouvait, mon père savait qu'il était aimé.

Le son des premières tondeuses à gazon vient jusqu'à moi, j'ouvre la porte du garage, la lumière du soleil m'éblouit ; je tombe face à mon père tenant mon bagage à la main. Nous restons muets, aussi surpris l'un que l'autre. Il soupèse ma valise pour se donner une contenance ; elle est un peu plus lourde que mon cartable d'écolière lorsque j'avais sept ans. C'est l'heure. J'entendrais ce crissement de pneus, suivi d'un carambolage, une voiture retournée, l'accident imaginé petite fille se produirait maintenant. Celui dans lequel papa mourrait. Et, ensemble, on disparaîtrait dans ma forêt. Celle à l'odeur de boue, de nuit, de fougère écrasée, d'écorce et de mousse trempée.

Mon père me regarde, de ses yeux un peu éteints, bleu-vert d'eau, très beaux. Je les reconnais maintenant.

36

Malgré les prédictions météorologiques, une pluie fine et insistante s'est collée sur le pare-brise. Le trajet du retour en voiture a été aussi silencieux qu'à mon arrivée, mais une tension à la fois moite et fondante circulait dans l'habitacle. Après la découverte de la caravane, je ne suis pas parvenue à penser, submergée d'émotions contradictoires, d'images, de souvenirs. Je n'ai pas eu envie de parler, et mon père n'a rien dit non plus. Dans sa conduite, il semblait à la fois tendu, attentif et épuisé. Présent. Mon regard s'est fixé sur le ballet incessant des essuie-glaces, dont l'un était défectueux et provoquait une respiration poussive du monstre marin.

Sur le quai, nous nous sommes embrassés presque aussi furtivement qu'au premier jour à la gare, mais j'ai senti le contact de sa barbe naissante sur sa joue tiède, et une vague odeur d'eau de toilette. Mon père portait ce jour-là une chemise repassée, un pantalon, des chaussures fermées. Au moment de monter dans le wagon, il m'a donné un album de photographies. Il m'a tendu l'objet d'un air hésitant, j'ignore si c'était par timidité, maladresse ou regret de s'en séparer.

Je ne figure pas dans cet album, ni Étienne, ni aucun de mes deux parents. Il n'y a que des paysages en noir et blanc, en couleur parfois. Des montagnes, des lacs, des étendues à perte de vue, ou la profondeur des vagues, du ciel. Sous chacune des photographies mon père a écrit le jour et l'année au stylo noir, sans aucun autre commentaire. Cet album contient plusieurs années de sa vie itinérante en Europe, à travers des pays que je ne connais pas. Derrière chaque image, je devine le regard de mon père. Il devait être animé par un corps moins affaissé que celui-ci, une silhouette souple et vigoureuse, habituée à la marche pour accéder à ces paysages désertés de tout être humain. Sous l'une des photographies est inscrite ma date d'anniversaire, il s'agit sûrement d'une coïncidence. Le jour de mes huit ans, je ne me rappelle pas ce que nous avions fait pour cette occasion. Mon père, lui, avait dû stationner sa caravane en pleine campagne. Il aurait eu besoin de marcher pour se délasser d'une journée passée au volant de son engin haut sur roues, celui capable de tirer la caravane. Il se serait alors arrêté en lisière de forêt, là où la fin du jour sur les arbres marque une frontière nette avec les sous-bois plus sombres, épais, qui semblent avoir capturé toute la luminosité du ciel pour ne jamais la rendre. Et il aurait enclenché son appareil photo. *12 juin – Forêt noire.* Au même moment, je me serais peut-être couchée après avoir serré maman dans mes bras, repue de l'odeur de sa peau. J'enlève sans ménagement la photographie de l'album, elle m'appartient. Dans la pochette au fond du tiroir de mon bureau, entre les lettres que je n'ai pas envoyées à mon père, la photographie prend sa place. Délestées de ma présence et de celle de mon père, dans le silence de ma chambre, peut-être trouveront-elles quelque chose à se dire.

Sept heures trente. C'est l'heure de partir, je vérifie une dernière fois que j'ai bien emporté ma pièce d'identité. Hésitante, je laisse mon doudou sur l'oreiller, même si je pourrais avoir encore besoin de lui. Maman m'attend dans la cuisine, emmitouflée dans un gros gilet, un thé à la main. Ses yeux sont cernés, mais elle s'est levée pour me souhaiter bon voyage. D'un sourire pâle, elle s'excuse de ne pouvoir m'accompagner devant le collège. Nous nous embrassons sur le pas de la porte de notre immeuble, je lui promets de penser à elle pendant mon absence. D'une main, maman me caresse la joue, de l'autre elle s'emmitoufle dans le col de son vêtement. Mon père m'a donné de l'argent de poche pour le séjour, je pense avoir assez pour ramener un cadeau à maman. J'enverrai peut-être une carte postale à mon père, ne serait-ce que pour vérifier – si un jour je retourne le voir – que ma carte est bien accrochée quelque part, dans son bureau, sur le frigo, ou en évidence sur sa table de travail. Un pincement au cœur me saisit en imaginant maman remonter seule les marches de l'escalier, refermer la porte d'entrée à clé, ou peut-être se resservir une tasse de thé refroidi. Mais dehors, il y a une belle lumière. Le soleil printanier réchauffe mes épaules, mon dos. Les roulettes de ma valise résonnent sur le bitume, l'entrain de mes pas me porte, je suis presque légère. Le car à étage est là.

Nous sommes peu nombreux encore, mais en quelques minutes les élèves arrivent avec chacun un ou deux parents, leur bagage et cette excitation du départ émoussée par l'heure matinale. La rue est vite pleine. À la queue leu leu, nous déposons notre sac dans le ventre béant du véhicule, puis notre professeur principal récupère les papiers d'identité et coche les noms sur sa liste. Je m'assois à une place vide, serre contre moi mon sac à dos contenant mon pique-nique, le cœur battant. J'ai préparé mes sandwichs hier soir, et sens la fraîcheur du papier aluminium traverser la toile fine de mon sac. Au milieu de la travée, une main sur les appuis-tête de chaque fauteuil occupé, ma professeure d'espagnol nous compte. Lorsqu'elle arrive à mon niveau, elle plonge son regard dans le mien ; que perçoit-elle au fond de mes yeux qui dessine ce sourire-là sur son visage ? Elle reprend son comptage là où il s'était arrêté, me dépasse, au passage sa main s'est posée quelques secondes sur mon épaule.

Coralie demande si elle peut s'asseoir à côté de moi, elle doit être déçue de ne pouvoir s'installer près de son groupe, mais j'ai une bonne réputation donc ça va. Celle d'être indépendante, anti-réseaux sociaux, pas pénible, ni faiseuse d'histoires. Tous les cinquièmes sont montés, mon professeur principal nomme à voix haute les élèves inscrits, et lorsque je réponds « Présente » à l'appel de mes nom et prénom, la chair de poule m'envahit. Quelque chose cède en moi, s'allège. La bête frémit, prête à se déployer. On entend le ronflement gras et chaud du car, puis son démarrage. La grappe de parents s'anime comme une seule et même foule, les bras et les mains s'agitent pour dire au revoir de part et d'autre de la vitre, surtout à l'extérieur où quelques visages de mères se crispent. Ce sont les derniers adieux, ma voisine lance quelques baisers discrets au loin, on ne voit pas qui l'a accompagnée. Alors, moi aussi, je lève la main pour dire au revoir, une fois, deux fois. Puis notre véhicule tourne le coin de la rue, le voyage en Espagne commence. Nous sommes enfin tous à égalité, sans nos parents.

De la même autrice

Les Dévorantes, Éditions Eyrolles, 2019.

PEFC
10-31-2541
Certifié PEFC
Ce produit est issu de forêts gérées durablement et de sources contrôlées
www.pefc-france.org

Dépôt légal : mai 2021
Imprimé en France par Normandie Roto Impression s.a.s.
Cet ouvrage est imprimé sur du Munken Print Cream 80 g,
papier issu de forêts gérées durablement
N° d'imprimeur : 2102186